出口成章

人物設計 × 情節對白 × 詞藻修飾

老舍談文學創作的迷思與訓練技巧

人物的形象不應因故事簡短而打折扣，人是故事的主人
語言的創造不是閉門造車，而是用普通的話使之重獲新生
用活的語言說明道理，是比死名詞的堆砌更多一些文藝性的

老舍 著

如何寫出有記憶點的文章，如何讓筆下人物栩栩如生？
從劇情發想到突破瓶頸，老舍的創作課程絕對不容錯過！

目錄

目錄

目錄

◇ 序

這裡所集印的一些篇不大像樣子的文章，有的是給文藝刊物或報紙寫過的稿子，有的是在各處講話的底稿或紀錄——有幾篇雖是這種紀錄，卻忘了講話的地點，故未註明。給報刊寫的稿子，看起來文字比較順當；講話紀錄就差一些，可也找不出時間去潤色，十分抱歉！

這些篇的內容大致都是講文學語言問題的，一部分題目也是近幾年來各報刊約稿與各處約講話時所指定的。這樣，在當時，我想起什麼就說什麼，沒有考慮怎麼避免重複，往往舊話重提；在講話時更是如此，經驗不多，只好順口說些老話。現在，把它們蒐集到一處，要印成一本小書，可就發現許多重複之處，說了再說，令人生厭。這本小書確有此病。不過呢，這篇與那篇雖然差不多，每篇可也總有那麼一點特有的東西，棄之未免可惜，從新寫過又沒有時間，只好將就著保留下來。雖然說了再說，容易記住，可是我所說的到底正確與否，值得記住不值得，還是個問題。

序

書名《出口成章》，這並不是說我自己有此本領，而是對讀者的一點祝願。這也並非說，一讀這本小書即獲得這個本領，而是說誰肯努力學習，誰就能夠成功。是的，我切盼咱們都肯勤學苦練，有那麼一天，大家（包括我自己）都能夠做到文通字順，出口成章！

老舍於北京一九六三年十月

人、物、語言

在文學修養中，語言學習是很重要的。沒有運用語言的本事，即無從表達思想、感情；即使敷衍成篇，也不會有多少說服力。

語言的學習是從事寫作的基本功夫。

學習語言須連人帶話一齊來、連東西帶話一齊來。這怎麼講呢？這是說，孤立地去記下來一些名詞與話語，語言便是死的，沒有多大的用處。鸚鵡學舌就是那樣，只會死記，不會靈活運用。孤立地記住些什麼「這不結啦」、「說乾脆的」、「包了圓兒」……並不就能生動地描繪出一個北京人來。

我們記住語言，還須注意它的思想感情，注意說話人的性格、階級、文化程度，和說話時的神情與音調等等。這就是說，必須注意一個人為什麼說那句話，和他怎麼說那句話的。透過一些話，我們可以看出他的生活與性格來。這就叫連人帶話一齊來。這樣，我們在寫作時，才會由人物的生活與性格出發，什麼人說什麼話，張三與李四的話是不大一樣的。即使他們兩個說同一事件，用同樣的字句，也各有各的說法。

語言是與人物的生活、性格等等分不開的。光記住一些話，而不注意說話的人，便摸不到根兒。我們必須摸到那個根兒——為什麼這個人說這樣的話，那個人說那樣的話，這個人這麼說，那個人那麼說。必須隨時留心，仔細觀察，並加以揣摩。先由話知人，而後才能用話表現人，使語言性格化。

不僅對人物如此，就是對不會說話的草木泉石等等，我們也要抓住它們的特點特質，精闢地描寫出來。它們不會說話，我們用自己的語言替它們說話。杜甫寫過這麼一句：「塞水不成河」。這確是塞外的水，不是江南的水。塞外荒沙野水，往往流不成河。這是經過詩人仔細觀察，提出特點，成為詩句的。

塞水沒有自己的語言。「塞水不成河」這幾個字是詩人自己的語言。這幾個字都很普通。不過，經過詩人這麼一運用，便成為一景，非常鮮明。可見只要仔細觀察，抓到不說話的東西的特點特質，就可以替它們說話。沒有見過塞水的，寫不出這句詩來。我們對一草一木，一泉一石，都須下功夫觀察。找到了它們的特點特質，我們就可以用普通的話寫出詩來。光記住一些「柳暗花明」、「桃紅柳綠」等泛泛的話，是沒有多大用處的。泛泛的詞藻總是人云亦云，見不出創造本領來。用我們自己的話道出東西的特質，便出語驚人，富有詩意。這就是連東西帶話一齊來的意思。

杜甫還有這麼一句：「月是故鄉明」。這並不是月的特質。月不會特意照顧詩人的故鄉，分外明亮一些。這是詩人見景生情，因懷念故鄉，而把這個特點加給了月亮。我們並不因此而反對這句詩。不，我們反倒覺得它頗有些感染力。這是另一種連人帶話一齊來。「塞水不成河」是客觀的觀察，「月是故鄉明」是主觀的情感。詩人不直接說出思鄉之苦，而說故鄉的月色更明，更親切，更可愛。我們若不去揣摩詩人的感情，而專看字面兒，這句詩便有些不通了。

是的，我們學習語言，不要忘了觀察人，觀察事物。有時候，見景生情，還可以把自己的感情加到東西上去。我們了解了人，才能了解他的話，從而學會以性格化的話去表現人。我們了解了事物，找出特點與本質，便可以一針見血地狀物繪景，生動精到。人與話，物與話，須一齊學習，一齊創造。

語言、人物、戲劇——與青年劇作者的一次談話

要我來談談創作經驗，我沒有什麼可談的。說幾句關於戲劇語言的話吧。創作經驗，還是留給曹禺同志來談。

寫劇本，語言是一個要緊的部分。首先，語言性格化，很難掌握。我寫得很快，但事先想得很多、很久。人物什麼模樣，說話的語氣，以及他的思想、感情、環境，我都想得差不多了才動筆，寫起來也就快了。劇中人的對話應該是人物自己應該說的語言，這就是性格化。對一個快人快語的人，要知道他是怎樣快法，這就要考慮到人物的思想、感情、和劇情等幾個方面，然後再寫對話。在特定時間、地點、情節下，人物說話快，思想也快，這是甲的性格。假如只是口齒快，而思想並不快，就不是甲，而是乙，另一個人了。有些人是快人而不快語，有些人是快語而不是快人，這要區別開。《水滸》中的李逵、武松、魯智深等人物，都是農民革命英雄，性格有相近之處，卻又各不相同，這在他們的說話中也可區別開。寫現代戲，讀讀《水滸》，對我們有好處。尤其是寫內部矛盾的戲，人

物不能太壞，不能寫成敵人。那麼，語言性格化就要在相差不多而確有差度上注意了。這很不容易，必須事先把人物都先想好，以便甲說甲的話，乙說乙的話。

脾氣古怪，好說怪話的人物，個性容易突出。這種人物作為次要角色，在一個戲裡有一個兩個，會使戲顯得生動。不過，古怪人物是比較容易寫的。要寫出正常人物的思想、感情等等是不容易的；但作者的注意力卻是應該放在這裡。

寫人物要有「留有餘地」，不要一下筆就全傾倒出來。要使人物有發展。我們的建設發展得極快，人人應有發展，否則跟不上去。這點是我寫戲的一個大毛病。我總把力氣都放在第一幕，痛快淋漓，而後難為繼。因此，第一幕戲很好，值五毛錢，後面幾幕就一錢不值了。這有時候也證明我的人物確是從各方面都想好了的，故能一下筆就有聲有色。可是，後面卻聲嘶力竭了。曹禺同志的戲卻是一幕比一幕精彩，好戲在後面，最後一幕是高峰，這才是引人入勝的好戲。

再談談語言的地方化。先讓我引《紅樓夢》第三十九回劉姥姥進大觀園和賈母的一段對話：賈母通：「老親家，你今年多大年紀了？」

劉姥姥忙起身答道：「我今年七十五了。」

賈母向眾人道：「這麼大年紀了，還這麼硬朗！比我大好幾歲呢！我要到這個年紀，還不知怎麼動不得呢！」

劉姥姥笑道：「我們生來是受苦的人，老太太生來是享福的。我們要也這麼著，那些莊家活也沒人做了。」

賈母道：「眼睛牙齒還好？」

劉姥姥道：「還都好，就是今年左邊的槽牙活動了。」

賈母道：「我老了，都不中用了，眼也花，耳也聾，記性也沒了。你們這些老親戚，我都記不得了。親戚們來了，我怕人笑話，我都不會。不過嚼得動的吃兩口，睡一覺，悶了時，和這些孫子孫女兒玩笑會子就完了。」

劉姥姥笑道：「這正是老太太的福了。我們想這麼著不能。」

賈母道：「什麼福？不過是老廢物罷咧！」說的大家都笑了。賈母又笑道：「我才聽見鳳哥兒說，你帶了好些瓜菜來，我叫他快收拾去了。我正想個地裡現結的瓜兒菜兒吃，外頭買的不像你們地裡的好吃。」

劉姥姥笑道：「這是野意兒，不過吃個新鮮；依我們倒想魚肉吃，只是吃不起。」……

這裡是兩個老太太的對話。以語言的地方性而言，二人說的都是道地北京話。她們的話沒有雕琢，沒有稜角，但在表面平易之中，卻語語針鋒相對，兩人的思想、性格、階級都鮮明地表現出來了。賈母的話是假謙虛，倚老賣老；劉姥姥的話則是表面奉承，內藏諷刺。「依我們倒想魚肉吃，只是吃不起」，這句話是多麼厲害！作者沒有把賈母和劉姥姥的話寫得一雅一俗，說的是同樣的語言，卻表現了尖銳的階級對立。這是高度的語言技巧。所謂語言的地方性，我以為就是對語言熟悉，要熟悉地方上的一切事物，熟悉各階層人物的語言，才能得心應手，用語精當。同時，也只有熟悉人物性格，才能透過對話準確地表現不同身分、地位的人物性格特徵。

戲劇語言還要富於哲理。含有哲理的語言，往往是作者的思想透過人物的口說出來的。當然，不能每句話都如此。但在一幕戲中有那麼三五句，這幕戲就會有些光彩。若不然，人物盡說一些平平常常的話，聽眾便昏昏欲睡。就是兒童劇也需要這種語言。當然寫出一兩句至理名言，不是輕而易舉的。離開人物、情節，孤立地說出來，不行。我們對人物要想得多想得深，要從人物、情節出發去想。離開人物與情節，雖有好話而擱不到戲裡來。這種閃爍著真理光芒的語言，並非只是教育程度高的人才能說的。一般人都能說。讀讀《水滸》、《紅樓夢》，很有好處。特別是《水滸》，許多人物是沒有文化的，但說出的一些語言卻富有哲理。這種語言一定是作者想了又想，改了又改的。一句話想了又想，改了又改，使其鮮明，既富有哲理，又表現性格，人物也就站起來了。一個平常的人說了一句看來是平常的話，而道出了一個真理，這個人物便會給觀眾留下個難忘的印象。

以上說的語言性格化、地方性、哲理性，三者是統一的，都是為了塑造鮮明的人物形象。

平易近人的語言，往往是作家費了心血寫出來的。如剛才談的《紅樓夢》中那段對話，自然平易，抹去稜角，表面沒有劍拔弩張的鬥爭，只是寫一個想吃鮮菜，一個想吃肉食的兩位老太太的話，但內中卻表現了階級的對立。這種語言看著平易，而是用盡力氣寫出來的。杜甫、白居易、陸放翁的詩也有時如此，看來越似乎是信手拈來，越見功夫。寫一句劇詞，要像寫詩那樣，千錘百鍊。當然，小說中的語言還可以容人去細細揣摸、體會，而舞臺上的語言是要立竿見影，發生效果，就更不容易。所以戲劇語言要既俗（通俗易懂）而又富於詩意，才是好語言。

兒童劇的語言也要富於詩意。因為在孩子們的眼裡，什麼都是詩。一個小瓜子皮放在水杯中，孩子們就會想到船行萬里，乘風破浪。我在《寶船》中寫到，孩子們不知道「駙馬」是什麼，因而猜想是「驢」。這是符合兒童心理的。這當中寓有作者的諷刺。如果在清朝末年我這樣寫，就要挨四十大板。兒童劇要寫出孩子們心裡的詩意，且含有作家對事物的褒貶。

要多想，創造性地想；還要多學，各方面都學。見多識廣，知識豐富，寫起來就從容。學習不是生搬硬套，生活中的語言也不能原封不動地運用，需要提煉。如今天寫劉胡蘭、黃繼光這些英雄人物，他們生活中說了些什麼，我們知道的不太多，這需要作家創造性地去想像，寫出符合英雄性格的語言。

語言要準確、生動、鮮明，即使像「的、了、嗎、呢……」這些詞的運用也不能忽視。日本朋友已擬用我的《寶船》作為漢語課本，要求我在語法上作一些注解。其中摘出「開船嘍！」這句話，問我為什麼不用「啦」，而用「嘍」。我寫的時候只是覺得要用「嘍」，道理卻說不清，這就整得我夠受。我朗讀的時候，發現大概「嘍」字是對大夥說的，如一個人喊「開船嘍！」是表示招呼大家。如果說「開船啦」便只是對一個人說的，沒有許多人在場。區別也許就在這裡。

語言是人物思想、感情的反映，要把人物說話時的神色都表現出來，需要給語言以音樂和色彩，才能使其美麗、活潑、生動。

我的話說完了，浪費了大家的時間，對不起！

（有一位青年作家遞條子要求老舍同志談談《全家福》的創作）

《全家福》的材料是北京市公安局供給的。當時正在大躍進運動中，北京市公安局有一萬多找人的案件要處理。我首先被這些材料所感動。我看了些材料，有些案件的當事人不在北京，不能進一步了解，無法選用。後來選用了三個材料，當事人都在北京。當然，原材料是三個各不相關的故事：一個是兒子找媽，一個是媽媽找女兒，一個是丈夫找老婆。前兩件事大體如劇本中寫的那樣，而後面丈夫找老婆的事例和劇本中寫的很不相同。

我想文藝不是照抄真人真事，而是要運用想像的，因此我就把這三個各不相關的故事拼在一起。我把他們三人想像成一家人，互有連繫，這樣，情節既顯得豐富，又能集中、概括。

我寫這個戲是為了表揚今天的人民警察。但我對今天人民警察的生活不大熟悉，他們又都很忙，我也不好意思去多打攪他們。所以在這個戲裡，人民警察沒有寫好。戲裡那個母親、姐姐的生活我是了解的，她們的痛苦我也有所體會，寫起來就比較得心應手。

我也訪問過當事人。劇院有一次把那個找媽媽的姑娘請了來。她來到，一想起從前的遭遇，雖已相隔五六年，卻傷心得連一句話都說不出。她愣了一刻鐘，只落淚，說不出話。後來我請劇院的同志送她回去，而由她的母親把她的遭遇介紹了一下。那位姑娘一語未發，卻比開口還更感人，我深受了感動，產生一股強烈的寫作衝動，欲罷不能。我體會到，光有材料還不行，還要受感動，產生寫作激情。不動感情，寫不出帶感情的作品。

寫戲，還不能怕有時候出廢品，不能像母雞下蛋那樣一下一個。要勇敢地寫出來，不成功，就勇敢地扔掉。我扔掉過不少稿子。這是我工作的一部分。我寫過一個戲叫《人民代表》，化了許多勞動，後來扔掉了，我沒感到可惜。廢品並不是完全沒有用的，勞動不會完全白費。後來我寫的《茶館》中的第一幕，就是用了《人民代表》中的一場戲，雖然不完全一樣，但因為相似的場面寫過一次了，所以再寫就感到熟練，有人說《茶館》第一幕戲好，也許就是出過一次廢品的功勞。在我的經驗中，寫過一次的事物，再寫一次，可能完全不一樣，但總是更成熟、更精練。

寫作需要有生活。《全家福》中的人物，是我在舊社會的生活中常常見到的，較比熟悉，所以寫出來就有生活味道。《女店員》就寫得差些。這個題材是我到婦女商店裡得到的。但是，我對新做店員的姑娘們的生活還不十分熟悉，所以戲裡面就感到缺少生活。我們得到一個題材，還需要安排生活情節，才能把思想烘托出來，也才能出「戲」。沒有生活怎能表現時代精神呢？今天人與人的關係變了，是從生活各方面反映出來的。如最近看了電影《李雙雙》（據說劇本比電影還要好，可惜我沒有看），就感到戲裡的生活很豐富。甚至從一個老太太拿點劈柴這樣小事，也反映了個人與集體間關係的變化；生活豐富才能做到以小見大。趙樹理同志的農村生活豐富，所以寫來總是很從容，絲絲入扣。

隨便地扯，請原諒，指教！

語言、人物、戲劇—與青年劇作者的一次談話

人物、語言及其他

短篇小說很容易同通訊報導混淆。寫短篇小說時，就像畫畫一樣，要色彩鮮明，要刻劃出人物形象。所謂刻劃，並非指花紅柳綠地作冗長的描寫，而是說，要三言兩語勾畫出人物的性格，樹立起鮮明的人物形象來。

一般的說，作品最容易犯的毛病是：人物太多，故事性不強。《林海雪原》之所以吸引人，就是故事性極強烈。當然，短篇小說不可能有許多故事情節，因此，必須選擇了又選擇，選出最激動人心的事件，把精華寫出來。寫人更要這樣，作者可以虛構、想像，把很多人物事件集中寫到一兩個人物身上，塑造典型的人物。短篇中的人物一定要集中，集中力量寫好一兩個主要人物，以一當十，其他人物是圍繞主角的配角，適當描畫幾筆就行了。無論人物和事件都要集中，因為短篇短，容量小。

有些作品為什麼見物不見人呢？這原因在於作者。不少作者常常有一肚子故事，他急於把這些動人的故事寫出來，直到動筆的時候，才想到與事件有關的人物，於是，人物只好隨著事件走，而人物形象往往模糊、不完整、不夠鮮明。世界上的著名的作品大都是這樣：反映了這個時代人物的面貌，不是寫事件的過程，不是按事件的發展來寫人，而是讓事件為人物服務。還有一些名著，情節很多，讀過後往往記不得、記不全，但是，人物卻都被記住，所以成為名著。

我們寫作時，首先要想到人物，然後再安排故事，想想讓主角代表什麼，反映什麼，用誰來陪襯，以便突出這個人物。這裡，首先遇到的問題：是寫人呢？還是寫事？我覺得，應該是表現足以代表時代精神的人物，而不是為了別的。一定要根據人物的需要來安排事件，事隨著人走；不要叫事件控制著人物。譬如，關於洋車夫的生活，我很熟悉，因為我小時候很窮，接觸過不少車夫，知道不少車夫的故事，但那時我並沒有寫《駱駝祥子》的意圖。有一天，一個朋友和我聊天，說有一個車夫買了三次車，丟了三次車，以至悲慘地死去。這給我不少啟發，使我聯想起我所見到的車夫，於是，我決定寫舊社會裡一個車夫的命運和遭遇，把事件打亂，根據人物發展的需要來寫，寫成了《駱駝祥子》。

寫作時一定要多想人物，常想人物。選定一個特點去描畫人物，如說話結巴，這是膚淺的表現方法，主要的是應賦予人物性格特徵。先想他會幹出什麼來，怎麼個幹法，有什麼樣膽識，而後用突出的事件來表現人物，展示人物性格。要始終看定一兩個主要人物，不要使他們寫著寫著走了樣子。貪多，往往會叫人物走樣子的。《三國演義》看上去情節很多，但事事都從人物出發。諸葛亮死了還嚇了司馬懿一大跳，這當然是作者有意安排上去的，目的就是為了豐富諸葛亮這個人物。《紅日》中大多數人物寫的好。但有些人就沒有寫好，這原因是人物太多了，有些人物作者不夠熟悉，掌握不住。《林海雪原》裡的白茹也沒寫得十分好，這恐怕是曲波同志對女同志還了解得不多的緣故。因此不必要的、不熟悉的就不寫，不足以表現人物性格的不寫。貪圖表現自己知識豐富，力求故事多，那就容易壞事。

寫小說和寫戲一樣，要善於支配人物，支配環境（寫出典型環境、典型人物），如要表現炊事員，光把他放在廚房裡燒鍋煮飯，就不易出戲，很難寫出吸引人的場面；如果寫部隊在大沙漠裡鋪軌，或者在激戰中同志們正需要喝水吃飯、非常困難的時候，把炊事員安排進去，作用就大了。

無論什麼文學形式，一寫事情的或運動的過程就不易寫好，如有個作品寫高射砲兵作戰，又是講炮的性能、炮的口徑，又是紅綠號誌如何調炮……就很難使人家愛看。文學作品主要是寫人，寫人的思想活動，遇到什麼困難，怎樣克服，怎樣鬥爭……寫寫技術也可以，但不能貪多，因為這不是文學主要的任務。學技術，那有技術教科書嘛！

刻劃人物要注意從多方面來寫人物性格。如寫地主，不要光寫他凶殘的一面，把他寫得像個野獸，也要寫他偽善的一面。寫他的生活、嗜好、習慣、對不同的人不同的態度……多方面寫人物的性格，不要小胡同裡趕豬——直來直去。

當你寫到戲劇性強的地方，最好不要寫他的心理活動，而叫他用行動說話，來表現他的精神面貌。如果在這時候加上心理描寫，故事的緊張就馬上弛緩下來。《水滸》上的魯智深、石秀、李逵、武松等人物的形象，往往用行動說話來表現他們的性格和精神面貌，這個寫法是很高明的。《水滸》上武松打虎的一段，寫武松見虎時心裡是怕的，但王少堂先生說評書又作了一番加工：武松看見了老虎，便說：「啊！我不打死牠，牠會傷人喲！好！打！」這樣一說，把武松這個英雄人物的性格表現得更有聲色了。這種藝術的誇張，是有助於塑造英雄人物的形象的！我們寫新英雄人物，要大膽些，對英雄人物的行動，為什麼不可以作適當的藝術誇張呢？

為了寫好人物，可以把五十萬字的材料只寫二十萬字；心要狠一些。過去日本鬼子燒了商務印書館的圖書館，把我一部十萬多字的小說原稿也燒掉了。後來，我把這十萬字的材料寫成了一個中篇《月牙兒》。當然，這是其中的精華。這好比割肉一樣，肉皮肉膘全不要，光要肉核（最好的肉）。魯迅的作品，文字十分精練，人物都非常成功，而有些作家就不然，寫到事往往就無節制地大寫特寫，把人蓋住了。最近，我看到一幅描繪密雲水庫上的人們幹勁沖天的畫，畫中把山畫得很高很大很雄偉，人呢？卻小得很，這怎能表現出人們的幹勁呢？看都看不到啊！事件的詳細描寫總在其次；人，才是主要的。因為有永存價值的是人，而不是事。

語言的運用對文學是非常重要的。有的作品文字色彩不濃，首先是邏輯性的問題。我寫作中有一個竅門，一個東西寫完了，一定要再唸再唸再唸，唸給別人聽（聽不聽在他），看唸得順不順？準確不？彆扭不？邏輯性強不？……看看句子是否有不夠妥當之處。我們不能為了文字簡練而簡略。簡練不是簡略、意思含糊，而是看邏輯性強不強，準確不準確。只有邏輯性強而又簡單的語言才是真正的簡練。

運用文字，首先是準確，然後才是出奇。文字修辭、比喻、聯想假如並不出奇，用了反而使人感到庸俗。講究修辭並不是濫用形容詞，而是要求語言準確而生動。文字鮮明不鮮明，不在於用一些有顏色的字句。一千字的文章，我往往寫三天，第一天可能就寫成，第二天、第三天加工修改，把那些陳詞濫調和廢話都刪掉。這樣做是否會使色彩不鮮明呢？不，可能更鮮明些。文字不怕樸實，樸實也會生動，也會有色彩。齊白石先生畫的小雞，雖只那麼幾筆，但墨分五彩，能使人看出來許多顏色。寫作堆砌形容詞不好，語言的創造，是用普通的文字巧妙地安排起來的，不要硬造字句，如「他們在思謀……」，「思謀」不常用，不如用「思索」倒好些，既現成也易懂。寧可寫得老實些，也別生造。

文學是語言的藝術，我們是語言的運用者，要想辦法把「話」說好，不光是要注意「說什麼」，而且要注意「怎麼說」。注意「怎麼說」才能表現出自己的語言風格。各人的「說法」不同，各人的風格也就不一樣。「怎麼說」是思考的結果，侯寶林的相聲之所以逗人笑，並不只因他的嘴有功夫，而是因為他的想法合乎笑的規律。寫東西一定要善於運用文字，苦苦思索，要讓人家看見你的思想風貌。

用什麼語言好呢？過去我很喜歡用方言，《龍鬚溝》裡就有許多北京方言。在北京演出還好，觀眾能懂，但到了廣州就不行了，廣州沒有這種方言。連翻譯也沒法翻譯。這次寫《女店員》我就注意用普通話。推廣普通話，文學工作者都有責任。用一些富有表現力的方言，加強鄉土氣息，不是不可以，但不要貪多；沒多少意義的，不易看懂的方言，乾脆去掉為是。

小說中人物對話很重要。對話是人物性格的索隱，也就是什麼樣的人說什麼樣的話。一個人物的性格掌握住了，再看他在什麼時間、什麼地點，就可以思索出他將會說什麼與怎麼說。寫對話的目的是為了使人物性格更鮮明，而不只是為了交代情節。《紅樓夢》的對話寫得很好，透過對話可以使人看見活生生的人物。

關於文字表現技巧，不要光從一方面來練習，一棵樹吊死人，要多方面練習。一篇小說寫完後，可試著再把它寫成話劇（當然不一定發表），這會有好處的。話劇主要是以對話來表達故事情節，展示人物性格，每句話都要求很精練，很有作用。我們也應當學寫詩，舊體詩也可以學學，不摸摸舊體詩，就沒法摸到中國語言的特點和奧妙。這當然不是要大家去寫舊體詩詞，而是說要學習我們民族語言的特色，學會表現、運用語言的本領，使作品中的文字千錘百鍊。這是要下一番苦功夫的。

寫東西一定要求精練，含蓄。俗語說：「寧吃鮮桃一口，不吃爛杏一筐」，這話是很值得深思的。不要使人家讀了作品以後，有「吃膩了」的感覺，要給人留出回味的餘地，讓人看了覺得：這兩口還不錯呀！我們現在有不少作品不太含蓄，直來直去，什麼都說盡了，沒有餘味可嚼。過去我接觸過很多拳師，也曾跟他們學過兩手，材料很多。可是不能把這些都寫上。我就撿最精彩的一段來寫：有一個老先生槍法很好，最拿手的是「斷魂槍」，這是幾輩祖傳的。外地有個老人學的槍法不少，就不會他這一套，於是千里迢迢來求教槍法，可是他不教，說了很多好話，還是不行。老人就走了，他見那老人走後，就把門鎖起來，把自己關在院內，一個人練他那套槍法。寫到這裡，我只寫了兩個字：「不傳」，就結束了。還有很多東西沒說，讓讀者去想。想什麼呢？就讓他們想想小說的「底」——許多好技術，就因個人的保守，而失傳了。

小說的「底」，在寫之前你就要找到。有些作者還沒想好了「底」就寫，往往寫到一半就寫不下去，結果只好放棄了。光想開頭，不想結尾，不知道「底」落在哪裡，是很難寫好的。「底」往往在結尾時才表現出來，「底」也可以說是你寫這小說的目的。如果你一上來把什麼都講了，那就是漏了「底」。比如，前面所說的學槍法的故事，就是叫你想想由於這類的「不傳」，我們祖國從古到今有多少寶貴的遺產都被埋葬掉啦！寫相聲最怕沒有「底」，沒有「底」就下不了臺，有了「底」，就知道前面怎麼安排了。

小說所要表達的東西是多種多樣的。由於我國社會主義建設的需要，當前著重於寫建設，這是正確的。當然，也可以寫其他方面的生活。在寫作時，若只憑有過這麼回事，湊合著寫下來，就不容易寫好；光知道一個故事，而不知道與這故事有關的社會生活，也很難寫好。

小說的形式也是多種多樣的，有書信體，日記體，還有……資本主義國家有些作品，思想性並不強，可是寫得那麼抒情，那麼有色彩，能給人以藝術上的欣賞。這種作品雖然沒有什麼教育意義，我們不一定去學，但多看一看，也有好處。現在我們講百花齊放，我看放得不夠的原因之一，就是知道得不多，特別是世界名著和我國的優秀傳統知道得不多。

生活知識也是一樣，越博越好，了解得越深越透澈越好。因此，對生活要多體驗、多觀察，培養多方面的興趣，盡可能去多接觸一些事物。就是花木鳥獸、油鹽醬醋也都應注意一下，什麼時候用著它很難預料，但知道多了，用起來就很方便。在生活中看到的，隨時記下來，看一點，記一點，日積月累，日後大有用處。

在表現形式上不要落舊套，要大膽創造，因為生活是千變萬化的，不能按老套子來寫。任何一種文學藝術形式一旦一成不變，便會衰落下去。因此，我們要想各種各樣的法子衝破舊的套子，這就要敢想、敢說、敢幹。「五四」時期打破了舊體詩、文言文的格式，這是個了不起的文化革命！文學藝術，要不斷革新，一定要創造出新東西，新的樣式。如果大家都寫得一樣，那還互相交流什麼？正因為各有不同，才互相觀摩，取長補短，共同提高。新創造的東西，可能有些人看著不大習慣，但大家可以辯論呀！希望大家在文學形式上能有所突破，有新的創造！

語言與生活

在這裡，我簡單地提點有關文學語言的意見。

（一）**親切**。我們的文藝是為工農兵服務的，因而我們用的語言必定要使工農兵感到親切。怎樣才能夠親切呢？有沒有一種使語言親切的技巧呢？

我在這裡加入個小插曲：前幾天，關山月與沈柔堅二友到我家來，看看我存著的幾幅齊白石大師的作品。看罷，我們一致認為：大師不僅熱愛繪畫，而且熱愛他所畫的花鳥山川。大師原是農村中的木匠，對水牛、雞雛、芋頭、辣椒，和許多鄉村中日常使用的東西，如竹筐、鋤頭等等，都有深厚的感情，所以他畫起它們來不僅在技巧上求其形似，而且從感情上得其神似。他不惜嘔盡心血把自己熱愛的、也就是一般農民所熱愛的東西畫了出來，引起別人的熱愛。他的熱愛迫使他去苦心經營，找到獨創的技巧，畫出不容易畫的，和一些前人所未曾畫過的東西來；不但畫了出來，而且具有高度的藝術性，使我們既愛他的畫，也愛他所畫的東西。這些創作都有最強烈的藝術感染力，叫我們總想把畫中的雞雛和蘋果什麼的摘取下來，珍重地捧在手心上！在某一些技巧上，他也許有某一些局限；在表達一位農民對農具與雞、牛等的熱愛上，他的確前無古人。

假若我們三個人的這點意見有些可取之處，我就容易回答前面的問題了，雖然繪畫與寫作的工具與技巧是不相同的。繪畫也好，寫作也好，首先要看有無對事物的熱愛。有此熱愛，就能逐漸找到技巧。無此熱愛，有現成的技巧也是徒然。有的畫家，技巧也許不低於白石大師，可是他們只愛畫兒，而不愛所畫的東西，或且以鋤頭、耙子等物有欠文雅，不該入畫，也就避而不畫。繪畫如此，寫作也是如此，熱愛工農兵，就會寫的親切；不熱愛它們，有技巧也沒有很大用處。親切是熱情的流露，不單純是技巧的產物。即使非有技巧不可，它也是由熱愛到苦心經營的過程中慢慢找到的；作家協會裡並沒珍藏著一本「語言親切祕訣」！

(二) **向人民學習**。大家都願聽自己所熟悉的話，不高興聽帶洋味兒的話，和不大好懂的話。這麼說來，我們寫作就該首先想想為誰服務了。給咱們同行的友人寫張字，不妨寫一首舊體詩，還許越深奧越好，好叫友人佩服我們才高八斗。給人民寫呢，我們就必須用人民的語言，連作詩也非例外。假若有人主張誰也唸不懂的才能算作詩，我們也無權干涉。不過，這樣的詩最好留給他自己看，省得叫大家去猜謎，大家都忙啊。

是，我們應當熱愛工農兵，也該熱愛他們的語言。工農兵喜愛他們喜聞樂見的文藝形式。但是，我相信他們會很容易接受用他們自己的語言寫成的新形式。只要聽得懂，他們便願意看既不打鑼，也不歌唱的話劇。

向工農兵學習語言不應單純地只學語言，而不去參加他們的鬥爭與勞動。語言脫離了生活就是死的。語言是生命與生活的聲音。老實不客氣地說，別以為我們知識分子的語言非常豐富。拿掉那些書本上的話和一些新名詞，我們的語言還剩下多少呢？我們說個故事或進行辯論，準說得過工農兵嗎？我們的生活底子比他們的薄得多。他們的生活底子厚，所以說話具體。難道有生活基礎的具體語言，經過提煉，不是好的文學語言嗎？難道文學語言應當越空洞抽象越好嗎？難道具體的語言不是有骨有肉的語言嗎？

不知道可否這麼說，人民大眾的語言裡富於生活的氣息與色彩，正是我們知識分子的語言裡所缺乏的。一位農民對於二十四節氣，馬牛羊，稻梁黍，都有一套說詞。我們呢，有時候連節氣都不記得。真的，我們真該到農村去，學些活潑生動的語言。我們的話劇裡的語言往往欠結實，欠生動，話裡沒有色彩，沒有形象，一句只是那一句，使人不能聯想到生活的各方面，不能使聽眾聽到話就看見圖像。這恐怕又不是單純的技巧問題。有了生活，學習了有生活氣息的語言，才好談技巧——怎麼運用。

在我二十多歲的時候，我有個謬見，主張用書本上的話給人民的語言加工，使之雅潔。後來，我才慢慢明白：書本上的成語在適當的地方也可以用，但不能完全仗著他們美化語言。在敘述中，「適可而止」這句成語是可以用的，不必改用北京的俗語「該得就得」。可是，在寫兩個北京勞動人民講話的時候，也許用「該得就得」更合適一些。何去何取，決定於生活。把「適可而止」放在一位教授嘴裡，把「該得就得」放在一位三輪車工人的口中，也許是各得其所。這一雅一俗的兩句成語並無什麼高低之分，全看用在哪裡。用生活給語言加工，一定比用語言給語言加工更有好處。到生活裡去，那裡有語言的寶庫。

拿京戲和地方戲來比較，我覺得地方戲的語言略勝一籌。在不少的京戲裡，一部分語言是不精闢而還通順，如「店主東帶過了黃驃馬」之類，另一部分是不大通順的水詞兒。在地方戲裡，雖然也有水詞兒，可是大體上還富有民間語言的生活氣息，較比樸實可喜。我說的很籠統，因為沒有時間去用幾本京戲與幾本地方戲作具體的分析與比較。假若我說的不完全錯，那就又足證明民間語言的確有不小的力量，足以作將來修改京劇劇本的參考。

戲曲有個好條件，儘管是水詞兒，只要唱腔兒好，便能遮掩住語言的瘡疤，使大家愛聽愛唱。話劇無此條件，話劇語言因此也就必須十分考究，精益求精。寫話劇臺詞兒，我們不僅應當在意思上字字斟酌，務期妥順，還須把語言的音樂性發揮出來，聽著悅耳，使人容易記住，像詩歌那樣。話劇作家應多在這一點上賣賣力氣。是呀，一些疙里疙疸的臺詞兒，不管多麼有本領的演員，也不會唸得珠圓玉潤，有節奏，有感情。

(三) **簡練**。從古典作品中固然可以學習到一些使詞句簡練的方法，可別忘了，從民間的語言中也能學到。我們必須留心去聽。句子短，用字活，這是一。還有第二，是我們不大留意的。這就是他們能夠在一句中安上一兩個字，就能當好幾句用。我舉個例：在舊社會裡，飯館的服務員(那時候叫做跑堂的)為多拉生意，對客人總是不熟假充熟。客人坐下，他就笑著說：「今天您吃點什麼？」「今天」這兩個字就包括著：您是老主顧，常在這兒吃飯等等。假若他把這一大套都照直的說出來，也許會引起一個爽直客人的反感，馬上告訴他：我這是頭一次到這兒吃飯，用不著假充熟。這必然使雙方都下不來臺。只用「今天」兩個字呢，意思都有了，而又不會引起反感。從前商店的售貨員也是這樣，顧客一問價錢，他便回答：「還是老價錢，一塊二。」這句話的前半便是說，您是老主顧，老在我們這兒買東西，我們絕不會欺騙您。「還是老價錢」一語巧妙地包括了好幾句的意思。至於「一塊二」究竟可靠與否，就不大好說了。

上面舉的例子來自舊社會，思想性不強。可是，這種說法的確有很好的技巧，今天的勞動人民還會用這個說法表達新思想感情。寫文藝作品不是在作報告，必須詳盡無遺。我們須學會抄近路，使之簡練。想起一組話，先別逐句寫下來，而去想想能否找出一句，代表全組，這就可以既省話，又巧妙。是的，我們應當學習人民的語言，也別忘了學習他們的說法。人民語言的說法還有許多，我只舉此一例。

我是在說文學語言問題，推而廣之，有一些話也可以用在藝術各部門的問題上去。為了支援農業，畫家、音樂家、戲劇家、作家都有不少已下了鄉的，還有不少位即將下去。我希望大家都帶著對社會主義的熱愛，與對農民與農業的熱愛，認真向人民學習，寫出人民所喜愛的詩歌、戲劇、小說、戲曲、曲藝、兒童文學；畫出人民所喜愛的圖畫；做出人民所喜愛的歌曲與音樂，使廣大農村革命的歌聲不絕於耳，戰鬥的故事與畫圖一直散播到煙村四五家，使六億五千萬人民歡欣鼓舞，意氣風發，攜手向社會主義邁進；這一代好，下一代更好；風流文彩，江山萬古多嬌！

話劇的語言

文學語言不僅負有描繪人物、風景，表達思想、感情，說明事實等等的責任。它還須在盡責之外，使人愛讀，不忍釋卷。它必須美。環肥燕瘦，各有各的美，文筆亦然：有的簡勁，有的豪放，有的淡遠，有的灩豔……美雖不同，但必須美。

創作的樂趣至少有兩個：一個是資料豐富，左右逢源，便於選擇與調遣，長袖善舞，不會捉襟見肘。一個是文字考究，行雲流水，心曠神怡。有文無物，即成八股；有物無文，行之不遠。最好是二者兼備，既有內容，又有文筆，作者情文並茂，讀者悅目暢懷，皆大歡喜！

以言話劇，更須情文並茂，因為對話占有極重要的地位。近年來，我們的話劇有很好的成就，無可否認。可是，其中也有一些劇本，只顧情節安排，而文字頗欠推敲，亦是美中不足。這類作品的執筆者似乎竭盡全力去排列人物，調動劇情，而在文筆上沒有得到創作的樂趣與享受。人物出場的先後既定，情節的轉折也有了個大概，作者似乎便把自己要說的話分別交給人物去說，張三李四原來不過是作者的化身。這樣寫出的對話是報告式的，平平靜靜，不見波瀾。（當然，好的報告也並不是一汪死水。）至於文字呢，似乎只顧了說什麼，而沒考慮怎麼說。要知對話是人物性格的「聲音」，性格各殊，談吐亦異。作者必須苦思熟慮：如此人物，如此情節，如此地點，如此時機，應該說什麼，應該怎麼說。一聲哀嘆或勝於滔滔不絕；吞吐一語或沉吟半晌，也許強於一瀉無餘。說什麼固然要緊，怎麼說卻更重要。說什麼可以泛泛地交代，怎麼說卻必須洞悉人物性格，說出掏心窩子的話來。說什麼可以不考慮出奇制勝，怎麼說卻要求妙語驚人。不論說什麼，若總先想一想怎麼去說，才能逐漸與文學語言掛上鉤，才能寫出自己的風格來。

為寫劇本，我們須找到一個好故事，但不宜滿足於此。一個故事有多種說法，要爭取自己的說法最出色。在動筆寫劇本的時候，我們應當要求自己是在作「詩」，一字不苟。在作詩的時候，不管本領大小，我們總是罄其所有，不遺餘力，一個字要思索推敲多少次。為什麼寫話劇不應如此呢？一首詩也許得不到當眾朗誦的機會，而話劇本來是要演給大家聽的呀。大家去聽評書，並不一定是為聽故事，因為也許已經聽過多少遍，特別是那些最熱鬧的節目，如《挑簾殺嫂》、《連環套》等等。我們是去聽評書先生怎麼說。語言之美足以使人百聞不厭。話劇是由幾位或更多的演員同演一個故事，此扮張三，彼飾李四，活生活現，比評書更直接，更有力。那麼，若是張三李四的話都平平常常，可有可無，誰還愛聽呢？

文學語言，無論是在思想性上，還是在藝術性上，都須比日常生活語言高出一頭。作者須既有高深的思想，又有高度的語言藝術修養。他既能夠從生活中吸取語言，又善於加工提煉，像勤勞的蜂兒似的來往百花之間，釀成香蜜。

再說一次，免生誤會：我不喜歡有文無物的八股。我不是說，話劇應只講究文筆，不顧其他。我是說，話劇既是文學作品，就理當有文學語言。這不是苛求，而是理之當然。看吧，古往今來的有名文人，不是不但詩文俱佳，而且連寫張字條或一封家信也寫得優美嗎？那麼，為什麼寫話劇可以不講究文字呢？這說不通！

我們講思想性，故事性；應當講！但是，思想性越高，便越需要精闢的語言，否則夾七夾八，詞難達意，把高深的思想說得胡里胡塗。多麼高深的思想，需要多麼精到的語言。故事性越強，也越需要生動鮮明的語言。精彩的語言，特別是在故事性強的劇本裡，能夠提高格調，增加文藝韻味。故事性強的戲，容易使人感到作者賣弄舞臺技巧，熱鬧一時，而缺乏回味。好的語言會把詩情畫意帶到舞臺上來，減少粗俗，提高格調。不注意及此，則戲越熱鬧，越容易降入平庸。

格調欲高，固不專賴語言，但語言乏味，即難獲得較高的格調。提高格調亦不端賴詞藻。用的得當，極俗的詞句也會有珠光寶色。為修詞而修詞，縱字字典雅，亦未必有力。不要以為多掉書袋，酸溜溜的，便是好文章。字的俗雅，全看我們怎麼運用；不善運用，雅的會變成俗的，而且比俗的多著點彆扭。為善於運用語言，我們必須豐富生活經驗，和多習書史，既須掌握活的語言，又略習舊體詩文。好的戲劇語言不全憑習寫劇本而來，我們須習寫各種文體，好好地下一番工夫。缺乏此種工夫的，應當補課。

有的劇本，語言並不十分好，而演出很成功。是，確有此事。可是，這劇本若有更好的語言不就更好嗎？有的劇本，文字上乘，而演出不大成功。是，也確有此事。這該去找出失敗的原因，不該因此而斷定：成功的劇本不應有優美的文字。況且，這樣的作品雖在舞臺上失敗，可是因為文字可取，在圖書館中仍能得到地位。有許多古代劇本已多年不上演，我們可還閱讀它們，原因之一就是因為語言精緻，值得學習。

我自己的語言並無何特色，上邊所說的不僅為規勸別人，也為鞭策自己。

兒童劇的語言

兒童劇的語言不容易寫好：既要簡明易懂，又要用字不多，還要生動活潑，很不好辦。

孩子們識字不多，掌握的語彙也不豐富，可是他們會以較少的語彙，來回調動，說出很有趣的話來。孩子們有此本領，兒童劇作者須學會此本領——用不多的詞兒，短短的句子，而把事物巧妙地、有趣地述說出來，恰足以使孩子們愛聽。

孩子們善於想像。他們能夠從一個洋娃娃身上想像出多少多少事情來，而且一邊玩一邊說。兒童劇作者的特長之一恐怕就是能保持那顆童心，跟兒童一樣天真活潑，能夠寫出淺顯而生動的語言來。不論是大孩子，還是小孩子，都愛聽、看《西遊記》。孫悟空會變。這正合乎兒童們的要求。在兒童心中，真實與想像沒有一定的界線，玩耍與作真事也沒有一定的界線。孫悟空會做多少事，而又多麼愛玩耍呀！兒童劇作者若是急於正面地去教育兒童，用老老實實的話，板著面孔說大道理，恐怕就效果不大。反之，他們若還有一片童心，用孩子們的辦法去啟發兒童，兒童們就更容易受到教育。想叫兒童們歡迎我們的劇本，作者與兒童必須打成一片。看，孩子們為什麼愛和外公或外婆玩耍呢？大概是因為外公或外婆總是隨著孩子們走，一問一答，有說有笑，真真假假，虛虛實實。孩子們的洋娃娃，慢慢地也成為外公或外婆的「親人」，問飢問渴，無微不至。因此，孩子們忙起來，便把洋娃娃託付給外公或外婆看管。兒童劇的作者應當首先體驗兒童的心理狀態，而後才能創作出淺明而有教育性的語言來。這種語言須合乎兒童生活上的要求，從而因勢利導使兒童受到教育。

孩子們有幽默感，不願聽乾巴巴的話。假若我們能夠深入淺出，孩子們是會聽出弦外之音的。孩子們愛聽笑話與相聲，愛猜謎語。孩子們肯用腦子去想他們所聽到的。我們不要小看孩子們，我們應當向孩子們學習。在我小時候，我入的是私塾。私塾的老夫子總是一團正氣，連笑也不輕易笑一下。他開口是詩云，閉口是子曰。我背不上書來，他就罰我跪著，或用菸袋鍋子敲我的頭。可是，到今天，我所記得的不是他的那一套，而是母親或大姐給我說的小故事！是的，瞪著眼教訓孩子，效果不大。母親和大姐並沒有許多故事，可是會把一個故事有枝添葉地變成另一個故事。這正合乎我的要求。我也學會怎麼使一個故事有所發展，大故事生產小故事。到私塾裡，我的腦子凍結起來，回到家裡，我的腦子活躍起來！那麼，兒童劇作者應當使兒童的腦子凍結呢，還是活躍起來呢？

前幾天，有一個六歲的小姑娘忽然詩興大發，作了一篇好幾十句的詩。其中有一句是：「一個白蝴蝶，落下一片雪。」真是好詩！孩子們會用簡單的話，作出詩來。我們成人有時候只求用我們所掌握的語彙，一說就說一大片，而忽略了從簡單的語言中找出詩情畫意。我們或者以為給孩子們寫東西，可以不必往深裡鑽。這不對。孩子會作詩。孩子們善於聯想。我們必須學會充分利用聯想，做出為兒童們所喜愛的詩來。這不簡單！泛泛的語言不能滿足孩子們的要求。

戲劇語言——在話劇、歌劇創作座談會上的發言

這次我來參加會議，實在是為向青年劇作家們學習。這並不是說，我不願意向老劇作家們學習。事實是這樣：對老劇作家們和他們的作品，我已略知一二，得到過教益與啟發；今後還應當繼續向他們學習。對青年劇作家呢，或相識較晚，或請益乏緣，理應乘此機會取經學藝。是呀，近幾年來的劇壇上主要是仗著他們的努力而活躍，深入工農兵生活的多半是他們，接觸創作問題較多的也是他們。不向他們學習，便不易摸清問題所在，也就難以學到解決問題的辦法。是的，我是抱著這種學習熱情而來的。那麼，叫我也作個報告，我就不能不感到惶恐！不過，禮尚往來，不容推卻。好吧，既來取經，理應獻曝，就談一談戲劇語言上的一知半解吧。

我沒有入過大學，教育程度不高，對經典文學沒有做過有系統的鑽研。因此，執筆為文，我無從作到出經入史，典雅富麗。可是，我也有一個長處：我的愛好是多方面的。因為我知道自己學疏才淺，所以我要學習舊體詩歌，也要學習鼓詞。我沒有什麼成

見，不偏重這個，輕視那個。這與其說是學習方法問題，還不如說是學習態度問題。心中若先有成見，只要這個，不要那個，便把學習的範圍縮小，也許是一種損失。

我沒有詩才，既沒有寫成驚人的詩歌，也沒有生產過出色的鼓詞。可是，詩歌的格律限制叫我懂了一些造句遣詞應如何嚴謹，這就大有助於我在寫散文的時候也試求精簡，不厭推敲。我沒有寫出好的詩歌，可是學會一點把寫詩的方法運用到寫散文中來。我不是為學詩而學詩，我把學詩看成文字練習的一種基本功夫。習寫散文，文字須在我腦中轉一個圈兒或幾個圈兒；習寫詩歌，每個字都須轉十個圈兒或幾十個圈兒。並不因為多轉圈兒就生產絕妙好詩，但是學會多轉圈兒的確有好處。一位文人起碼應當學會腦子多轉圈兒。習慣了腦子多轉圈兒，筆下便會精緻一些。

習寫鼓詞，也給我不少好處。鼓詞既有韻語的形式限制，在文字上又須雅俗共賞，文俚結合。白話的散文並不排斥文言中的用語，但必須巧為運用，善於結合，天衣無縫。習寫鼓詞，會教給我們這種善於結合的方法。習寫戲曲的唱詞，也有同樣的益處。

我也習寫相聲。一段出色的相聲須至少寫兩三個月。我沒有那麼多的時間。因此，我沒有寫出過一段反覆加工，值得保留下來的相聲。但是，作為語言運用的練習，這給了我不少好處。相聲的語言非極精練、極生動不可。它的每一句都須起承前啟後的作用，以便發生前後呼應的效果。不這樣，便會前言不搭後語，枝冗囉嗦，不能成為相聲。寫別的文章，可以從容不迫地敘述，到適當的地方拿出一二警句，振動全段，畫龍點睛。相聲不滿足於此。它是遍體長滿了大大小小眼睛的龍，要求每一句都有些風趣。這樣，儘管沒寫出過完美的相聲段子，我可是得到一個寫文章的好方法：句句要打埋伏。這就是說：我要求自己用字造句都眼觀六路，耳聽八方，不單純地、孤立地去用一字、造一句，而是力求前呼後應，血脈流通，字與字，句與句全掛上鉤，如下棋之布子。這樣，我就能夠寫得較比簡練。意思貫串，前後呼應，就能說的少，而包括的多。這樣，前面所說的，是為後面打埋伏，到時候就必有效果，使人發笑。是的，寫相聲的時候，往往是先想好一個包袱，而用一些話把它引出來，這就是好比先有了第五句，而後去想前四句，巧妙地把第五句逗出來。這樣寫，前後便必定聯貫，叫人家到什麼時候發笑，就得發笑。寫相聲，說笑話，以至寫喜劇，都用得著這個辦法。先想好包袱，而後設法用幾句話把它引逗出來，便能有效果。反之，先把底亮了出來，而後再解釋：您聽明白沒有？這句非常可笑啊！怎麼？您不笑？好吧，我再給您細講講！恐怕呀，越講越不會招笑了！喜劇不就是相聲，但在語言的運用上不無相通之處。

明白了作文要前呼後應，脈絡相通，才不厭修改，不怕刪減。狠心地修改、刪減，正是為叫部分服從全體。假若有那麼一句，單獨地看起來非常精美，而對全段並沒有什麼好處，我們就該刪掉它，切莫心疼。我自己是有這個狠心的。倒是有時候因朋友的勸阻，而耳軟起來，把刪去的又添上，費不少的事叫上下貫串，結果還是不大妥當。與其這樣，還不如乾脆刪去！

我並非在這裡推銷舊體詩、鼓詞或相聲。我是想說明一個問題：語言練習不專仗著寫劇本或某一種文體，而是需要全面學習。在寫戲寫小說之外，還須練基本功，詩詞歌賦都拿得起來。郭老、田漢老的散文好，詩歌好，所以戲劇臺詞也好。他們的基本功結實，所以在語言文字上無往不利。相反的，某劇作家或小說家，既富生活經驗，又有創作天才，可是缺乏語言的基本功，他的作品便只能在內容上充實，而在表達上缺少文藝性，不能情文並茂，使人愛不釋手。代秀的文學作品必須是內容既充實，語言又精美，缺一不可。缺乏基本功的，理應設法補課。

說到這裡，我必須鄭重聲明：我不提倡專考究語言，而允許言之無物。

我們須從兩方面來看問題：一方面是，近幾年來，我們似乎有些不大重視文學語言的偏向，力求思想正確，而默認語言可以差不多就行。這不大妥當。高深的思想與精闢的語言應當是互為表裡，相得益彰的。假若我們把關漢卿與曹雪芹的語言都扔掉，我們還怎麼去了解他們呢？在文學作品裡，思想內容與語言是血之與肉，分割不開的。沒有高度的語言藝術，表達不出高深的思想。

在另一方面，過於偏重語言，以至專以語言支持作品，也是不對的。我自己就往往犯這個毛病，特別是在寫喜劇的時候。這是因為我的生活經驗貧乏，不能不求救於語言，而作品勢必輕飄飄的，有時候不過是遊戲文章而已。不錯，寫寫遊戲文章，乃至於編寫燈謎與詩鐘，也是一種語言練習；不過，把喜劇的分量減輕到只有筆墨，全無內容，便是個很大的偏差。我應當在新的生活方面去補課。輕視語言，正如輕視思想內容，都是不對的。

這樣交代清楚，我才敢往下說，而不至於心中老藏著個小鬼了。

我沒有寫出過出色的小說，但是我寫過小說。這對於我創造（請原諒我的言過其實！）戲劇中的人物大有幫助。從寫小說的經驗中，我得到兩條有用的辦法：第一是作者的眼睛要老盯住書中人物，不因事而忘了人；事無大小，都是為人物服務的。第二是到了適當的地方必須叫人物開口說話；對話是人物性格最有力的說明書。

我把這兩條辦法運用到劇本寫作中來。當然，小說與劇本有不同之處：在小說中，介紹人物較比方便，可以從服裝、面貌、職業、階級各方面描寫。戲劇無此方便。假若小說中人物可以逐漸渲染烘托，戲劇中的人物就一出來已經打扮停妥，五官俱全，用不著再介紹。我們的任務是要看住他。這一點卻與寫小說相同，從始至終，不許人物離開我們的眼睛，包括著他不在臺上的時候。能夠緊緊地盯住人物，我們便不會受情節的引誘，而忘了主持情節的人。故事重情節，小說與戲劇既要故事，更重人物。

前面提到，在小說中，應在適當的時機利用對話，揭示人物性格。這是作者一邊敘述，一邊加上人物的對話，雙管齊下，容易叫好。劇本通體是對話，沒有作者插口的地方。這就比寫小說多些困難了。假若小說家須老盯住人物，使人物的性格越來越鮮明，劇作者則須在人物頭一次開口，便顯出他的性格來。這很不容易。劇作者必須知道他的人物的全部生活，才能三言五語便使人物站立起來，聞其聲，知其人。不錯，小說家在動筆之前也頂好是已知人物的全貌，但是，既是小說，作者總可以從容敘述，前面沒寫足，後面可再補充。戲劇的篇幅既較短，而且要在短短的表演時間內看出人物的發展，故不能不在人物一露面便性格鮮明，以便給他留有發展的餘地。假若一個人物出現了好大半天還沒有確定不移的性格，他可怎麼發展變化呢？有的人物須隱藏起真面貌，說假話。這很不易寫。我們似乎應當適時地給他機會，叫他說出廬山真面目來，否則很容易始終被情節所驅使，而看不清他是何許人也。在以情節見勝的劇本裡，往往有此毛病。

我們幾乎無從避免藉著對話說明問題或交代情節。可是，正是這種地方，我們才應設盡方法寫好對話，使說明與交代具有足以表現人物性格的能力。這個人物必須有這個獨特的說明問題與交代情節的辦法與說法。這樣，儘管他說的是「今天天氣，哈哈哈」，也能開口就響，說明他的性格。根據劇情，他說的雖是一時一地的話，我們可是從他的生活全貌考慮這點話的。在《茶館》的第一幕裡，我一下子介紹出二十幾個人。這一幕並不長，不許每個人說很多的話。可是據說在上演時，這一幕的效果相當好。相反地，在我的最失敗的戲《青年突擊隊》裡，我叫男女工人都說了不少的話，可是似乎一共沒有幾句足以感動聽眾的。人物都說了不少話，聽眾可是沒見到一個工人。原因所在，就是我的確認識《茶館》裡的那些人，好像我給他們都批過「八字兒」與婚書，還知道他們的家譜。因此，他們在《茶館》裡那幾十分鐘裡所說的那幾句話都是從生命與生活的根源流出來的。反之，在《青年突擊隊》裡，人物所說的差不多都是我臨時在工地上借來的，我並沒給他們批過「八字兒」。那些話只是話，沒有生命的話，沒有性格的話。以這種話拼湊成的話劇大概是「話鋸」——話是由乾木頭上鋸下來的，而後用以鋸聽眾的耳朵！聽眾是聰明而和善的，在聽到我由工地上借來的話語便輕聲地說：老舍有兩下子，準到工地去過兩三次！是的，正因為是借來的語言，我們才越愛賣弄它們，結果呢，我們的作品就肉少而香菜、胡椒等等很多。孤立地去蒐集語言分明是不大妥當的。這樣得到的語言裡，不可避免地包含著一些雜質，若不加以提煉，一定有害於語言的純潔。文字的口語化不等於怎麼聽來的就怎麼使，用不著再加工。

對話不能性格化，人物便變成劇作者的廣播員。蕭伯納就是突出的一例。

那麼，蕭伯納為什麼還成為一代名家呢？這使我們更看清楚語言的重要性。以我個人來說，我是喜愛有人物、有性格化語言的劇作的。雖然如此，我可也無法否認蕭伯納的語言的魅力。不錯，他的人物似乎是他的化身，都替他傳播他的見解。可是，每個人物口中都是那麼喜怒笑罵皆成文章，就使我無法不因佩服蕭伯納而也承認他的化身的存在了。不管我們贊成他的意見與否，我們幾乎無法否認他的才華。我們不一定看重他的哲理，但是不能不佩服他的說法。一般地說來，我們的戲劇中的語言似乎有些平庸，彷佛不敢露出我們的才華。我們的語言往往既少含蓄，又無鋒芒。

為什麼少含蓄呢？據我看，也許有兩個原因吧：第一，我們不用寫詩的態度來寫劇本的對話。莎士比亞是善於塑造人物的。可是，他寫的是詩。他的確使人物按照自己的性格去說話，可是那些詩的對話總是莎士比亞寫出來的。在日常生活中，那些人物並不出口成章，一天到晚老吟詩。莎士比亞是依據人物的性格，使他們說出提煉過的語言，嘔盡心血的詩句。直到今天，英國人寫文章、說話，還常常引用莎士比亞的名言妙語。我們寫出不少的相當好的劇本，可惜沒有留下多少足以傳誦的名句。我們不必勉強去寫詩劇（當然，試一試也沒有什麼壞處），可是應以寫詩的態度去寫對話。我們的劇本往往是結結實實，而看起來缺少些空靈之感，叫人覺得好像是逛了北海公園，而沒有看見那矗立晴空的白塔。這與劇情、導演、演員都有關係，可是語言缺乏詩意恐怕也是原因之一。帶有詩意的語言能夠給聽眾以弦外之音，好像給舞臺上留出一些空隙，耐人尋味。戲曲中的開打，若始終打的風雨不透，而沒有美妙的亮相兒，便見不出武松或穆桂英的氣概與風度。亮相兒時演員立定不動。這個靜止給舞臺上一些空隙，使聽眾更深刻地看到英雄形象。我想，話劇對話在一定的時候能夠提出驚人的詞句，也會發生亮相兒的效果，使聽眾深思默慮，想到些舞臺以外的東西。我管這個叫「空靈」，不知妥當與否。

缺少含蓄的第二個原因，恐怕是我們以為人民的語言必是直言無隱，一泄無餘的。不錯，人民的語言若是和學生腔比一比，的確是乾脆嘹亮，不別彆扭扭。可是，我們還沒忘記在五八年大躍進中，人民寫的那些民歌吧？那也是人民的語言，可並不只是乾脆直爽。那些語言裡有很高的想像與詩情畫意。那些民歌使我們的一些詩人嚇了一大跳，而且願意向它們學習。可惜，戲劇語言卻似乎沒有受到多少影響；即使受了些影響，也只在乾脆痛快這一方面，而沒有充分注意到人民的想像力與詩才如何豐富，從而使戲劇語言提高一步，不只記錄人民的語言，而且要創造性地運用。

所謂鋒芒，即是顯露才華。在我們的劇本中，我們似乎只求平平妥妥，不敢出奇制勝。我們只求說的對，而不要求說的既正確又精彩。這若是因為我們的本領不夠，我們就應該下苦功夫，使自己得心應手，能夠以精闢的語言道出深湛的思想和真摯深厚的感情。若是因為有什麼顧慮呢，我們便該去多讀毛主席的詩詞與散文。看，毛主席的文筆何等光彩，何等豪邁，真是光芒萬丈，橫掃千軍！我們為什麼不向毛主席學呢？怕有人說我們鋒芒太外露嗎？我們應當告訴他：劇本是文學作品，它的語言應當鏗鏘作金石聲。寫劇本不是打報告。毛主席說：「數風流人物，還看今朝。」風流人物怎可以語言乏味，不見才華與智慧呢？是的，的確有人對我說過：「老哥，你的語言太誇張了，一般人不那樣說話。」是呀，一般人可也並不寫喜劇！劇本的語言應是語言的精華，不是日常生活中你一言我一語的錄音。一點不錯，我們應當學習人民的語言，沒有一位語言藝術大師是脫離群眾的。但是，我們知道，也沒有一位這樣的大師只記錄人民語言，而不給它加工的。

朋友們，我們多麼幸福，能夠做毛澤東時代的劇作家！我們有責任提高語言，以今日的關漢卿、王實甫自許，精鶩八極，心遊萬仞，使語言藝術發出異彩！

我們缺乏喜劇。也和別種劇作一樣，喜劇並不專靠著語言文持。可也不能想像，沒有精彩的語言，而能成為優秀的喜劇。據我個人的體會，逗笑的語言已不易寫，既逗笑而又「有味兒」就更難了。

親切充實會使語言有些味道。在適當的地方利用一二歇後語或諺語，能夠發生親切之感。但是，這是利用現成的話，用的過多就反而可厭。我們應當向評書與相聲學習，不是學習它們的現成的話，而是學習它們的深入生活，無所不知的辦法。在評書和相聲裡，狀物繪聲無不力求細緻。藝人們知道的事情真多。多知多懂，語彙自然豐富，說起來便絲絲入扣，使人感到親切充實。我們寫的喜劇，往往是搭起個不錯的架子，而沒有足夠的語言把它充實起來，叫人一看就看出我們的生活知識不多，語彙貧乏。別人沒看到的，我們看到了，一說就會引人入勝。可是，事實上，我們看到的實在太少。於是，我們就不能不以泛泛的語言，勉強逗笑，效果定難圓滿。我們必須擴大生活體驗的範圍，三教九流，五行八作，無所不知，像評書及相聲演員那樣，我們才能夠應付裕如，有什麼情節，就有什麼語言來支持。沒有一套現成的喜劇語言在圖書館裡存放著，等待我們去借閱。喜劇作者自己須有極其淵博的生活知識，創造自己的喜劇語言。我們寫的是一時一地的一件事，我們的語言資料卻須從各方面得來，上至綢緞，下至蔥蒜，包羅萬象。當然，寫別的戲也須有此準備，不過喜劇特別要如此。假若別種劇的語言像單響的爆竹，喜劇的語言就必須是雙響的「二踢腳」，地上響過，又飛起來響入雲霄。作者的想像必須能將山南連繫到海北，才能出語驚人。生活知識不豐富，便很難運用想像。沒有想像，語言都爬伏在地，老老實實，死死板板，恐怕難以發生喜劇效果。

喜劇的語言必須有味道，令人越咂摸越有意思，越有趣。這樣的語言在我們的喜劇中似乎還不很多。我們須再加一把力！怎麼才能有味道呢？我回答不出。我自己就還沒寫出這樣的語言來。我只能在這裡說說我的一些想法，不知有用處沒有。我們應當設想自己是個哲學家，盡我們的思想水平之所能及，去思索我們的話語。聰明俏皮的話不是俯拾即是的，我們要苦心焦思把它們想出來。得到一句有些道理的話，而不俏皮漂亮，就須從新想過，如何使之深入淺出。做到了深入淺出，才能夠既容易得到笑的效果，而又耐人尋味。喜劇語言之難，就難在這裡。我們先設想自己是哲學家，而後還得變成幽默的語言藝術家，我們才能夠找到有味道的喜劇語言——想的深而說得俏。想的不深，則語言泛泛，可有可無。想的深而說得不俏，則語言笨拙，無從得到幽默與諷刺的效果。喜劇的語言若是鋼，這個鋼便是由含有哲理、幽默與諷刺的才能等等的鐵提煉出來的。

在京戲裡，有不少丑角的小戲。其中有一部分只能叫做鬧戲，不能算作喜劇。這些鬧戲裡的語言往往是起鬨瞎吵，分明是為招笑而招笑。因此，這些戲能夠引起鬨堂大笑，可是笑完就完，沒有回味。在我自己寫的喜劇裡，雖然在語言上也許比那些鬧戲文明一些，可是也常常犯為招笑而招笑的毛病。我知道滑稽幽默不應是目的，可是因為思想的貧乏，不能不亂耍貧嘴，往往使人生厭。我們要避免為招笑而招笑，而以幽默的哲人與藝術家自期，在談笑之中，道出深刻的道理，叫幽默的語言發出智慧與真理的火花來。這很不容易作到，但是取法乎上，還怕僅得其中，難道我們還該甘居下游嗎？

語言，特別在喜劇裡，是不大容易調動的。語言的來歷不同，就給我們帶來不少麻煩。從地域上說，一句山東的俏皮話，山西人聽了也許根本不懂。從時間上說，二十年前的一段相聲，今天已經不那麼招笑了，因為那些曾經流行一時的話已經死去。從行業上說，某一句話會叫木匠師傅哈哈大笑，而廚師傅聽了莫名其妙。我是北京人。六十年來，北京話有很大很大的變化。老的詞兒不斷死去，新的詞兒不斷產生。最近，小學生們很喜歡用「根本」。問他們什麼，他們光答以「根本」，不知是根本肯定，還是根本否定。這類的例子恐怕到處都有，過些日子就又被放棄，另發明新的。我們怎麼辦呢？

據我看，為了使喜劇的語言生動活潑，我們幾乎無法完全不用具有地方性與時間性限制的語彙與說法。不過，更要緊的是我們怎樣作語言的主人。這有兩層意思：一是假若具有地方性或時間性限制的語言而確能幫助我們，使我們的筆下增加一些色彩與味道，我們就不妨採用一些；二是最有味道的詞句應是由我們自己創造出來的。這種創造可以用普通話作為基礎。普通話是大家都知道的，用它來創造出最精彩的詞句，便具有更多的光彩，不受地方與時間的限制。我是喜用地方土語的，但在推廣普通話運動展開之後，我就開始盡量少用土語，而以普通話去寫喜劇。這個嘗試並沒有因為不用土語而減少了幽默感與表現力。我覺得，具有創造性的語言，帶著智慧與藝術的光彩，是要比借用些一時一地一行的俏皮話兒高超的多的。看看「李白斗酒詩百篇，長安市上酒家眠，天子呼來不上船，自稱臣是酒中仙」這幾句吧，裡邊沒有用任何土語與當時流行的俏皮話，而全是到今天還人人能懂的普通話，可是多麼幽默，多麼生動，多麼簡練！只是這麼四句，便刻劃出一位詩仙來了。這叫創造，這叫語言的主人！不借助於典故，也不倚賴土語、行話，而只憑那麼一些人人都懂的俗字，經過錘鍊思索，便成為精金美玉。這雖然是詩，可是頗足以使我們明白些創造喜劇語言的道理。所謂語言的創造並不是自己閉門造車，硬造出只有自己能懂的一套語言，而是用普通的話，經過千錘百鍊，使語言得到新的生命，新的光芒。就像人造絲那樣，用的是極為平常的材料，而出來的是光澤柔美的絲。我們應當有點石成金的願望，叫語言一經過我們的手就變了樣兒，誰都能懂，誰又都感到驚異，拍案叫絕。特別是喜劇語言，它必須深刻，同時又要輕鬆明快，使大家容易明白，而又不忍忘掉，聽的時候發笑，日後還咂著滋味發笑。喜劇的語言萬不可成為聽眾的負擔，有的地方聽不懂，有的地方雖然聽懂，而覺得彆扭。聽完喜劇而鬧一肚子彆扭，才不上算！喜劇語言必須餡兒多而皮薄，一咬即破，而味道無窮。相聲演員懂得這個道理，應當跟他們多討教。附帶著說，相聲演員在近幾年來，也拋棄了不少地方土語，而力求以普通話逗哏。這不僅使更多的人能夠欣賞相聲，而且使演員不再專倚賴土語。這就使他們非多想不可，用盡方法使普通話成為可笑可愛的語言，給一般的語言加多思想性與藝術性。

現在，讓我們談談語言的音樂性。

用文言寫的散文講究經得起朗誦。四五十年前，學生學習唐宋八大家的文章都是唱著唸，唱著背誦的。我們寫的白話散文，往往不能琅琅上口，這是個缺點。一般的散文不能上口，問題或者還不太大。話劇中的對話是要拿到舞臺上，透過演員的口，送到聽眾的耳中去的。由口到耳，必涉及語言的音樂性。古體詩文的作者十分注意這個問題。他們都搖頭晃腦地吟詩、作文章。他們用一個字，造一句，既考慮文字的意象，又顧到聲音之美。他們把每個方塊兒字都解剖得極為細緻。意思合適而聲音不美，不行，必須另換一個。舊體詩文之所以難寫，就因為作者唯恐對不起「文字解剖學」。到了咱們這一代，似乎又嫌過於籠統了，用字有些平均主義，拍拍腦袋就算一個。我們往往似乎忘了方塊兒字是有四聲或更多的聲的。字聲的安排不妥，不幸，句子就聽起來不大順耳，有時候甚至唸不出。解剖文字是知識，我們應該有這樣的知識。怎樣利用這點知識是實踐，我們應當經常動筆，於寫小說、劇本之外，還要寫寫詩，編編對聯等等。我們要從語言學習中找出樂趣來。不要以為郭老編對聯，田漢老作詩，是他們的愛好，與咱們無關。咱們都是同行，都是語言藝術的學習者與運用者。他們的樂趣也該成為咱們的樂趣。慢慢的，熟能生巧，我們也就習慣於將文字的意、形、音三者聯合運用，一齊考慮，增長本領。我們應當全面利用語言，把語言的潛力都挖掘出來，聽候使用。這樣，文字才能既有意思，又有響聲，還有光彩。

朗讀自己的文稿，有很大的好處。詞達意確，可以看出來。音調美好與否，必須唸出來才曉得。朗讀給自己聽，不如朗讀給別人聽。文章是自己的好，自唸自聽容易給打五分。唸給別人聽，即使聽者是最客氣的人，也會在不易懂、不悅耳的地方皺皺眉。這大概也就是該加工的地方。當然，一個人有一個人的寫作方法，我們並不強迫人人練習朗誦。有的人也許越不出聲，越能寫的聲調鏗鏘，即不在話下。

我們的語彙似乎也有些貧乏。以我自己來說，病源有三：一個是寫作雖勤，而往往把讀書時間擠掉。這是很大的損失。久而久之，心中只剩下自己最熟識的那麼一小撮語彙，像受了旱災的莊稼那麼枯窘可憐。在這種時候，我若是拿起一本偉大的古典作品讀一讀，就好似大旱之遇甘霖，胸中開擴了許多。即使我記不住那些文章中的詞藻，我也會得到一些啟發，要求自己要露出些才華，時而萬馬奔騰，時而幽琴獨奏，別老翻過來調過去耍弄那一小撮兒語彙。這麼一來，說也奇怪，那些忘掉的字眼兒就又回來一些，叫筆下富裕了一些。特別是在心裡乾枯得像燒乾了的鍋的時候，字找不到，句子造不成，我就拿起古詩來朗讀一番。這往往有奇效。詩中的警句使我狂悅。好，儘管我寫的是散文，我也要寫出有總結性的句子來，一針見血，像詩那樣一說就說到家。所謂總結性的句子就是像「山高月小，水落石出」那樣用八個字就畫出一幅山水來，像「欲窮千里目，更上一層樓」那樣用字不多，而道出要立得高，看得遠的願望來。這樣的句子不是泛泛的敘述，而是叫大家以最少的代價，得到最珍貴的和最多的享受。我們不能叫劇本中的每一句話都是這樣的明珠，但是應當在適當的地方這麼獻一獻寶。

我的語彙不豐富的第二個原因是近幾年來經常習寫劇本，而沒有寫小說。寫小說，我須描繪一切，人的相貌、服裝，屋中的陳設，以及山川的景色等等。用不著說，描寫什麼就需要什麼語彙。相反的，劇本只需要對話，即使交代地點與人物的景色與衣冠，也不過是三言五語。於是，我的語彙就越來越少，越貧乏了。近來，我正在寫小說，受罪不小，要什麼字都須想好久。這是我個人的經驗，別人也許並不這樣。不過，假若有人也有此情況，我願建議：別老寫劇本，也該練習練習別的文體，以寫劇為主，而以寫別種文體為副，也許不無好處。

第三，我的生活知識與藝術知識都太少，所以筆下枯澀。思想起來，好不傷心：音樂，不懂；繪畫，不懂；芭蕾舞，不懂；對日常生活中不懂的事就更多了，沒法在這兒報帳。於是，形容個悅耳的聲音，只能說「音樂似的」。什麼音樂？不敢說具體了啊！萬一說錯了呢？只舉此一例，已足見筆墨之枯窘，不須多說，以免淚如雨下！作一個劇作家，必須多知多懂。語言的豐富來自生活經驗和知識的豐富。

朋友們，我的話已說了不少，不願再多耽誤大家的時間。請大家指教！

對話淺論

怎樣寫好電影劇本的對話，我回答不出，我沒有寫過電影劇本。僅就習寫話劇的一點經驗，和看電影的體會，來談談這個問題，供參考而已。

在寫話劇對話的時候，我總期望能夠實現「話到人到」。這就是說，我要求自己始終把眼睛盯在人物的性格與生活上，以期開口就響，聞其聲知其人，三言五語就勾出一個人物形象的輪廓來。隨著劇情的發展，對話若能始終緊緊拴在人物的性格與生活上，人物的塑造便有了成功的希望。這樣，對話本身似乎也有了性格，既可避免「一道湯」的毛病，也不至於有事無人。張三的話不能移植到李四的口中來，他們各有個性，他們的話也各具特點。因此，對於我所熟識的人物，我的對話就寫得好一些。對於我不大了解的人物，對話就寫得很差。難處不在大家都說什麼，而在於他們都怎麼說。摸不到人物性格與生活的底，對話也就沒有底，說什麼也難得精彩。想啊，想啊，日夜在想張三和李四究竟是何等人物。一旦他們都像是我的老朋友了，他們就會說自己的話，張口就對，

「話到人到」。反之，話到而人不到，對話就會軟弱無力。若是始終想不好，人物總是似有若無，搖搖擺擺，那就應該再去深入生活。

一旦人物性格確定了，我們就較比容易想出他們的語聲、腔調，和習慣用哪些語彙了。於是，我們就可以出著聲兒去寫對話。是，我總是一面出著聲兒，唸唸有詞，一面落筆。比如說：我設想張三是個心眼爽直的胖子，我即假擬著他的寬嗓門，放炮似的說直話。同樣地，我設想李四是個尖嗓門的瘦子，專愛說刻薄話，挖苦人，我就提高了調門兒，細聲細氣地繞著彎子找厲害話說。這一胖一瘦若是爭辯起來，胖子便越來越起急，話也就越短而有力。瘦子呢，調門兒大概會越來越高，話也越來越尖酸。說來說去，胖子是面紅耳赤，呼呼地喘氣，而瘦子則臉上發白，話裡添加了冷笑……。是的，我的對話並不比別人寫的高明，可是我的確是這麼出著聲兒寫的，期望把話寫活了。寫完，我還要朗讀許多遍，進行修改。修改的時候，我是一人班，獨自分扮許多人物，手舞足蹈，忽男忽女。我知道，對話是要放在舞臺上去說的，不能專憑寫在紙上便算完成了任務。劇作者給演員們預備下較好的對話，演員們才能更好地去發揮對話中的含蘊。

我並不想在這裡推銷我的辦法。創作方法，各有不同。我只想說明我的辦法對我有好處，所以願意再多說幾句：因為我動筆的時候，口中唸唸有詞，所以我連一個虛字，「了」、「啊」、「嗎」等等，都不輕易放過。我的耳朵監督著我的口。

耳朵通不過的，我就得修改。話劇不是為叫大家聽的麼？

還有：這個辦法可以叫我節省許多話語。一個「嘔！」或一個「啊？」有時候可以代替一兩句話。同樣，一句有力的話，可以代替好幾句話。口與耳幫助了我的腦子實行語言節約。

對於我不大熟識的人物，我沒法子扮演他。我就只好用詞藻去敷衍，掩飾自己的空虛。這樣寫出的對話，一唸就使我臉紅！不由人物性格與生活出發，而專憑詞藻支持門面，必定成為「八股對話」。離開人物而孤立地去找對話，很少有成功的希望！

我的辦法並沒有使我成為了不起的語言運用的藝術家。不過，它卻使我明白了語言必須全面地去運用。劇作者有責任去挖掘語言的全部奧祕，不但在思想性上要有「語不驚人死不休」的雄心，而且在語言之美上也不甘居詩人之下。在古代，中外的劇作者都講究寫詩劇。不管他們的創作成就如何，他們在語言上可的確下了極大的功夫。他們寫的是戲劇，也是詩篇。詩劇的時代已成過去，今天我們是用白話散文寫戲。但是，我們不該因此而草草了了，不去精益求精。

所謂全面運用語言者，就是說在用語言表達思想感情的時候，不忘了語言的簡練，明確，生動，也不忘了語言的節奏，聲音等等方面。這並非說，我們的對話每句都該是詩，而是說在寫對話的時候，應該像作詩那麼認真，那麼苦心經營。比如說，一句話裡有很高的思想，或很深的感情，而說的很笨，既無節奏，又無聲音之美，它就不能算作精美的戲劇語言。觀眾要求我們的話既有思想感情，又鏗鏘悅耳，既有深刻的含義，又有音樂性，既受到啟發，又得到藝術的享受。劇作者不該只滿足於把情節交代清楚了。假若是那樣，大家看看說明書也就夠了，何必一幕一幕地看戲呢？

我絲毫沒有輕視思想性，而專重語言的意思。我是說，把語言寫好也是劇作者的責任之一，因為他是語言運用的藝術家。明乎此，我們才好說下去，不致發生誤會。

好吧，讓我們說得更具體些吧：在漢語中，字分平仄。調動平仄，在我們的詩詞形式發展上起過不小的作用。我們今天既用散文寫戲，自然就容易忽略了這一端，只顧寫話，而忘了注意聲調之美。其實，即使是散文，平仄的排列也還該考究。是，「張三李四」好聽，「張三王八」就不好聽。前者是二平二仄，有起有落；後者是四字（接京音讀）皆平，缺乏揚抑。四個字尚且如此，那麼連說幾句就更該好好安排一下了。「張三去了，李四也去了，老王也去了，會開成了」這樣一順邊的句子大概不如「張三、李四、老王都去參加，會開成了」簡單好聽。前者有一順邊的四個「了」，後者「加」是平聲，「了」是仄聲，揚抑有致。

一注意到字音的安排，也就必然涉及字眼兒的選擇。字雖同義，而音聲不同，我們就須選用那個音義俱美的。對話是用在舞臺上的，必須義既正確，音又好聽。「警惕」、「留神」、「小心」等的意思不完全相同，而頗接近，我們須就全句的意思，和全句字音的安排，選擇一個最合適的。這樣，也會叫用字多些變化；重複使用同一字眼兒會使聽眾感到語言貧乏。不朗讀自己的對話，往往不易發現這個毛病。

書面上美好的字，不一定在口中也美好。我們必須為演員設想。「老李，說說，切莫冗長！」大概不如說「老李，說說，簡單點！」後者現成，容易說，容易懂，雖然「冗長」是書面上常用的字。

有些人，包括演員，往往把一句話的最後部分唸得不夠響亮。聲音一塌，臺下便聽不清楚。戲曲與曲藝有個好辦法，把下句的尾巴安上平聲字，如「打虎親兄弟，上陣父子兵」，如「人逢喜事精神爽，月到中秋分外光」等等。句尾用平聲字，如上面的「兵」與「光」，演員就必會唸響，不易塌下去。因此，有時候，在句尾用「心細」就不如「細心」，「主意」不如「主張」。

當然，我們沒法子給每句句尾都安上平聲字，而且也不該那樣；每句都翹起尾巴，便失去句與句之間平仄互相呼應的好處——如「今天你去，明天他來」。或「你叫他來，不如自己去」。「來」與「去」在尾句平仄互相呼應，相當好聽。這就告訴了我們，把句子造短些，留下「氣口」，是個好辦法。只要留好了氣口兒，即使句子稍長，演員也不致把句尾唸塌了。以「心齊，不怕人少；心不齊，人越多越亂。」這句說吧，共有十四個字，不算很短。可是，其中有三個氣口兒，演員只要量準了這些氣口兒，就能唸得節奏分明，十分悅耳。儘管「少」與「亂」都是仄聲，也不會唸塌了。反之，句子既長，又沒有氣口兒，勢必唸到下半句就垮下去。

以上所言，不過是為說明我們應當如何從語言的各方面去考慮與調動，以期情文並茂，音義兼美。這些辦法並不是什麼條規。

假若這些辦法可以適用於話劇的對話，大概用於電影的對話裡也無所不可吧？我覺得話劇的對話既須簡練，那麼電影對話就更應如此。有聲電影裡有歌唱，有音樂，還有許多別的聲響，若是對話冗長，沒結沒完，就會把琴聲笛韻什麼的給擠掉，未免可惜。

話劇的布景與服裝等無論如何出色，究竟是較比固定的，有限的。在電影裡，一會兒春雲含笑，嫩柳輕舞；一會兒又如花霜葉，秋色多嬌；千變萬化，匯為詩篇。那麼，話劇的對話應當美妙，電影中不就更該這樣麼？在這圖畫、樂章、詩歌、戲劇交織成的作品裡，對話若是糟糕啊，實在大煞風景！我們有責任用最簡練精美的對話配合上去，使整部電影處處詩情畫意，無懈可擊！

從我看到的一些影片來說，它們的對話似乎還須更考究一些。有的電影裡，正是那句簡單而具有關鍵性的句子恰好使我聽不明白。原因何在呢？我想這不應完全歸罪於演員。句子原來就沒寫好，恐怕也是失敗的原因。在紙面上，那一句也許很不錯，可是字音的安排很欠妥當，像繞口令似的那麼難說，誰也說不好！臺詞須出著聲兒寫，也許有點道理。

更多遇到的是：本來三言兩語就夠了，可是說上沒完，令人掃興。本來可以用一兩個字就能解決問題的，卻偏要多說。還有呢，對話既長，句子又沒板沒眼，氣口兒不勻，於是後半句就叫演員「嚼」了，使人氣悶。我們要全面地運用語言，因而須多方面去學習。比如說，在通俗韻文裡，分上下句。我們的對話雖用散文，也可以運用此法。上下句的句尾若能平仄相應，上句的末字就能把下句「叫」出來，使人聽著舒服、自然、生動。在適當的地方，我們甚至可以運用四六文的寫法，用點排偶，使較長的對話挺脫有力。比如說：在散文對話之中插上「你是心廣體胖，我是馬瘦毛長」之類的白話對仗，必能減少冗長無力之弊。為寫好對話，我們須向許多文體學習，取其精華，善為運用。舊體詩詞、四六文、通俗韻文、戲曲，都有值得學習之處。這可不是照抄，而是運用。

是，是要善為運用！有一次，我聽到電影中的一句歇後語。聽過了半天，我才明白原來是一句逗笑的歇後語，要笑也來不及了。為什麼這樣呢？原來是作者選用了一句最繞嘴的歇後語，難怪演員說不俐落，失去效果。這就是作者不從多方面考慮，而一心一意只想用上這麼一句。結果，失敗了！不要孤立地去斷定哪句話是非用不可的！要「統籌全局」，從多方面考慮。

總之，對話在電影中，不但要起交代情節的作用，而且要負起塑造人物的責任，「話到人到」。在語言上，必須全面運用，不但使觀眾聽得明白，而且得到語言藝術的享受，從而熱愛我們的語言。寫對話的時候，我們有責任為演員與觀眾設想。在全面運用上，我只提到字音等問題，也沒有講透澈，至於如何使語言簡練，用字如何現成等等，就不多說了。再聲明一下，我的辦法不是條規，僅供參考而已。

關於文學的語言問題

我想談一談文學語言的問題。

我覺得在我們的文學創作上相當普遍地存著一個缺點，就是語言不很好。

語言是文學創作的工具，我們應該掌握這個工具。我並不是技術主義者，主張只要語言寫好，一切就都不成問題了。要是那麼把語言孤立起來看，我們的作品豈不都變成八股文了麼？過去的學究們寫八股文就是只求文字好，而不大關心別的。我們不是那樣。我是說：我們既然搞寫作，就必須掌握語言技術。這並非偏重，而是應當的。一個畫家而不會用顏色，一個木匠而不會用刨子，都是不可想像的。

我們看一部小說、一個劇本或一部電影電影，我們是把它的語言好壞，算在整個作品的評價中的。就整個作品來講，它應該有好的，而不是有壞的，語言。語言不好，就妨礙了讀者接受這個作品。讀者會說：囉哩羅嗦的，說些什麼呀？這就減少了作品的感染力，作品就吃了虧！

關於文學的語言問題

在世界文學名著中，也有語言不大好的，但是不多。一般地來說，我們總是一提到作品，也就想到它的美麗的語言。我們幾乎沒法子讚美杜甫與莎士比亞而不引用他們的原文為證。所以，語言是我們作品好壞的一個部分，而且是一個重要部分。我們有責任把語言寫好！

我們的最好的思想，最深厚的感情，只能被最美妙的語言表達出來。若是表達不出，誰能知道那思想與感情怎樣的好呢？這是無可分離的、統一的東西。

要把語言寫好，不只是「說什麼」的問題，而也是「怎麼說」的問題。創作是個人的工作，「怎麼說」就表現了個人的風格與語言創造力。我這麼說，說的與眾不同，特別好，就表現了我的獨特風格與語言創造力。藝術作品都是這樣。十個畫家給我畫像，畫出來的都是我，但又各有不同。每一個畫裡都有畫家自己的風格與創造。他們各個人從各個不同的風格與創造把我表現出來。寫文章也如此，儘管是寫同一題材，可也十個人寫十個樣。從語言上，我們可以看出來作家們的不同的性格，一看就知道是誰寫的。莎士比亞是莎士比亞，但丁是但丁。文學作品不能用機器製造，每篇都一樣，尺寸相同。翻開《紅樓夢》看看，那絕對是《紅樓夢》，絕對不能和《儒林外史》調換。不像我們，大家的寫法都差不多，看來都像報紙上的通訊報導。甚至於寫一篇講演稿子，也不說自己的話，看不出是誰說的。看看愛倫堡的政論是有好處的。他談論政治問題，還保持著他的獨特風格，教人一看就看出那是一位文學家的手筆。他談什麼都有他獨特的風格，不「人云亦云」，正像我們所說：「文如其人」。

不幸，有的人寫了一輩子東西，而始終沒有自己的風格。這就吃了虧。也許他寫的事情很重要，但是因為語言不好，沒有風格，大家不喜歡看；或者當時大家看他的東西，而不久便被忘掉，不能為文學事業積累財富。傳之久遠的作品，一方面是因為它有好的思想內容，一方面也因為它有好的風格和語言。

這麼說，是不是我們都須標奇立異，放下現成的語言不用，而專找些奇怪的，以便顯出自己的風格呢？不是的！我們的本領就在用現成的、普通的語言，寫出風格來。不是標奇立異，寫的使人不懂。「啊，這文章寫的深，沒人能懂！」並不是稱讚！沒人能懂有什麼好處呢？那難道不是胡塗文章麼？有人把「白日依山盡……更上一層樓」改成「……更上一層板」，因為樓必有樓板。大家都說「樓」，這位先生非說「板」不可，難道就算獨特的風格麼？

同是用普通的語言，怎麼有人寫的好，有人寫的壞呢？這是因為有的人的普通言語不是泛泛地寫出來的，而是用很深的思想、感情寫出來的，是從心裡掏出來的，所以就寫的好。別人說不出，他說出來了，這就顯出他的本領。為什麼好文章不能改，只改幾個字就不像樣子了呢？就是因為它是那麼有骨有肉，思想、感情、文字三者全分不開，結成了有機的整體；動哪裡，哪裡就會受傷。所以說，好文章不能增減一字。特別是詩，必須照原樣唸出來，不能略述大意，（若說：那首詩好極了，說的是木蘭從軍，原句子我可忘了！這便等於廢話！）也不能把「樓」改成「板」。好的散文也是如此。

運用語言不單純地是語言問題。你要描寫一個好人，就須熱愛他，鑽到他心裡去，和他同感受，同呼吸，然後你就能夠替他說話了。這樣寫出的語言，才能是真實的，生動的。普通的話，在適當的時間、地點、情景中說出來，就能變成有文藝性的話了。不要只在語言上打圈子，而忘了與語言血肉相關的東西——生活。字典上有一切的字。但是，只抱著一本字典是寫不出東西來的。

我勸大家寫東西不要貪多。大家寫東西往往喜貪長，沒經過很好的思索，沒有對人與事發生感情就去寫，結果寫得又臭又長，自己還覺得挺美——「我又寫了八萬字！」

八萬字又怎麼樣呢？假若都是廢話，還遠不如寫八百個有用的字好。好多古詩，都是十幾二十個字，而流傳到現在，那不比八萬字好麼？世界上最好的文字，就是最親切的文字。所謂親切，就是普通的話，大家這麼說，我也這麼說，不是用了一大車大家不了解的詞彙字彙。世界上最好的文字，也是最精練的文字，哪怕只幾個字，別人可是說不出來。簡單、經濟、親切的文字，才是有生命的文字。

下面我談一些辦法，是針對青年同志最愛犯的毛病說的。

第一，寫東西，要一句是一句。這個問題看來是很幼稚的，怎麼會一句不是一句呢？我們現在寫文章，往往一直寫下去，半篇還沒一個句點。這樣一直寫下去，連作者自己也不知道寫到哪裡去了，結果一定是胡塗文章。要先想好了句子，看站得穩否，一句站住了再往下寫第二句。必須一句是一句，結結實實的不搖搖擺擺。我自己寫文章，總希望七八個字一句，或十個字一句，不要太長的句子。每寫一句時，我都想好了，這一句到底說明什麼，表現什麼感情，我希望每一句話都站得住。當我寫了一個較長的句子，我就想法子把它分成幾段，斷開了就好唸了，別人願意唸下去；斷開了也好聽了，別人也容易懂。讀者是很厲害的，你稍微寫得難懂，他就不答應你。

同時，一句與一句之間的連繫應該是邏輯的、有機的連繫，就眼咱們周身的血脈一樣，是一貫相通的。我們有些人寫東西，不大注意這一點。一句一句不清楚，不知道說到哪裡去了，句與句之間沒有邏輯的連繫，上下不相照應。讀者的心裡是這樣的，你上一句用了這麼一個字，他就希望你下一句說什麼。例如你說「今天天陰了」，大家看了，就希望你順著陰天往下說。你的下句要是說「大家都高興極了」，這就聯不上。陰天了還高興什麼呢？你要說「今天陰天了，我心裡更難過了。」這就聯上了。大家都喜歡晴天，陰天當然就容易不高興。當然，農民需要雨的時候一定喜歡陰天。我們寫文章要一句是一句，上下聯貫，切不可錯用一個字。每逢用一個字，你就要考慮到它會起什麼作用，人家會往哪裡想。寫文章的難處，就在這裡。

我的文章寫的那樣白，那樣俗，好像毫不費力。實際上，那不定改了多少遍！有時候一千多字要寫兩三天。看有些青年同志們寫的東西，往往嚇我一跳。他下筆萬言，一筆到底，很少句點，不知道到哪裡才算完，看起來讓人喘不過氣來。

第二，寫東西時，用字，造句必須先要求清楚明白。用字造句不清楚、不明白、不正確的例子是很多的。例如「那個長得像驢臉的人」，這個句子就不清楚、不明確。這是說那個人的整個身子長得像驢臉呢，還是怎麼的？難道那個人沒手臂沒腿，全身長得像一張驢臉嗎，要是這樣，怎麼還像人呢？當然，本意是說：那個人的臉長得像驢臉。

所以我的意見是：要老老實實先把話寫清楚了，然後再求生動。要少用修辭，非到不用不可的時候才用。在一篇文章裡你用了一個「偉大的」，如「偉大的毛主席」，就對了；要是這個也偉大，那個也偉大，那就沒有力量，不發生作用了。亂用比喻，那個人的耳朵像什麼，眼睛像什麼……就使文章單調無力。要知道：不用任何形容，只是清清楚楚寫下來的文章，而且寫的好，就是最大的本事，真正的工夫。如果你真正明白了你所要寫的東西，你就可以不用那些無聊的修辭與形容，而能直截了當、開門見山地寫出來。我們拿幾句古詩來看看吧。像王維的「隔牖風驚竹」吧，就是說早上起來，聽到窗子外面竹子響了。聽到竹子響後，當然要打開門看看，嗐！這一看，下一句就驚人了，「開門雪滿山」！這沒有任何形容，就那麼直接說出來了。沒有形容雪，可使我們看到了雪的全景。若是寫他打開門就「喲！偉大的雪呀！」「多白的雪呀！」便不會驚人。我們再看看韓愈寫雪的詩吧。他是一個大文學家，但是他寫雪就沒有王維寫的有氣魄。他這麼寫：「隨車翻縞帶，逐馬散銀杯。」他是說車子在雪地裡走，雪隨著車輪的轉動翻起兩條白帶子；馬蹄踏到雪上，留了一個一個的銀杯子。這是很用心寫的，用心形容的。但是形容的好不好呢？不好！王維是一語把整個的自然景象都寫出來，成為名句。而韓愈的這一聯，只是瑣碎的刻劃，沒有多少詩意。再如我們常唸的詩句「山雨欲來風滿樓」。這麼說就夠了，用不著什麼形容。像「滿城風雨近重陽」這一句詩，是抄著總根來的，沒有枝節瑣碎的形容，而把整個「重陽」季節的形色都寫了出來。所以我以為：在你寫東西的時候，要要求清楚，少用那些亂七八糟的修辭。你要是真看明白了一件事，你就能一針見血地把它寫出來，寫得簡練有力！

我還有個意見：就是要少用「然而」、「所以」、「但是」，不要老用這些字轉來轉去。你要是一會兒「然而」，一會兒「但是」，一會兒「所以」，老那麼繞彎子，不但減弱了文章的力量，讀者還要問你：「你到底要怎麼樣？你能不能直截了當地說話！」不是有這樣一個故事嗎？我們的大文學家王勃寫了兩句最得意的話：「落霞與孤鶩齊飛，秋水共長天一色。」傳說，後來他在水裡淹死了，死後還不忘這兩句，天天在水上鬧鬼，反覆唸著這兩句。後來有一個人由此經過，聽見了就說：「你這兩句話還不算太好。要把『與』字和『共』字刪去，改成『落霞孤鶩齊飛，秋水長天一色』，不是更挺拔更好嗎？」據說，從此就不鬧鬼了。這把鬼說服了。所以文章裡的虛字，只要能去的盡量把它去了，要不然死後想鬧鬼也鬧不成，總有人會指出你的毛病來的。

第三，我們應向人民學習。人民的語言是那樣簡練、乾脆。我們寫東西呢，彷彿總是要表現自己：我是知識分子呀，必得用點不常用的修辭，讓人嚇一跳啊。所以人家說我們寫的是學生腔。我勸大家有空的時候找幾首古詩唸唸，學習他們那種簡練清楚，很有好處。你別看一首詩只有幾句，甚至只有十幾個字，說不定作者想了多少天才寫成那麼一首。我寫文章總是改了又改，只要寫出一句話不現成，不響亮，不像口頭說的那樣，我就換一句更明白、更俗的、務期接近人民口語中的話。所以在我的文章中，很少看到「憤怒的葡萄」、「原野」、「熊熊的火光」……這類的東西。而且我還不是僅就著字面改，像把「土」字換成「地」字，把「母親」改成「娘」，而是要從整個的句子和句與句之間總的意思上來考慮。所以我寫一句話要想半天。比方寫一個長輩看到自己的一個晚輩有出息，當了幹部回家來了，他拍著晚輩的肩說：「小夥子，『搞』得不錯呀！」這地方我就用「搞」，若不相信，你試用「做」，用「幹」，準保沒有用「搞」字恰當、親切。假如是一個長輩誇獎他的子姪說：「這小夥子，做事認真。」在這裡我就用「做」字，你總不能說，「這小夥子，『搞』事認真。」要是看見一個小夥子在那裡勞動的非常賣力氣，我就寫：「這小夥子，真認真幹。」這就用上了「幹」字。像這三個字：「搞」、「幹」、「做」都是現成的，並不誰比誰更通俗，只看你把它擱在哪裡最恰當、最合適就是了。

第四，我寫文章，不僅要考慮每一個字的意義，還要考慮到每個字的聲音。不僅寫文章是這樣，寫報告也是這樣。我總希望我的報告可以一字不改地拿來唸，大家都能聽得明白。雖然我的報告做的不好，但是唸起來很好聽，句子現成。比方我的報告當中，上句末一個字用了一個仄聲字，如「他去了」。下句我就要用個平聲字。如「你也去嗎？」讓句子唸起來叮噹地響。好文章讓人家願意唸，也願意聽。

好文章不僅讓人願意唸，還要讓人唸了，覺得口腔是舒服的。隨便你拿李白或杜甫的詩來唸，你都會覺得口腔是舒服的，因為在用哪一個字時，他們便抓住了那個字的聲音之美。以杜甫的「烽火連三月，家書抵萬金」來說吧，「連三」兩字，舌頭不用更換位置就唸下去了，很舒服。在「家書抵萬金」裡，假如你把「抵」字換成「值」字，那就彆扭了。字有平仄——也許將來沒有了，但那是將來的事，我們是談現在。像北京話，現在至少有四聲，這就有關於我們的語言之美。為什麼不該把平仄調配的好一些呢？當然，散文不是詩，但是要能寫得讓人聽、唸、看都舒服，不更好嗎？有些同志不注意這些，以為既是白話文，一寫就是好幾萬字，用不著細細推敲，他們吃虧也就在這裡。

第五，我們寫話劇、寫電影的同志，要注意這個問題：我們寫的語言，往往是乾巴巴地交代問題。譬如：唯恐怕臺下聽不懂，上句是「你走嗎？」下句一定是「我走啦！」既然是為交代問題，就可以不用真感情，不用最美的語言。所以我很怕聽電影上的對話，不現成，不美。

我們寫文章，應當連一個標點也不放鬆。文學家嘛，寫文藝作品怎麼能把標點搞錯了呢？所以寫東西不容易，不是馬馬虎虎就能寫出來的。所以我們寫東西第一要要求能唸。我寫完了，總是先自己唸唸看，然後再唸給朋友聽。文章要完全用口語，是不易作到的，但要努力接近口語化。

第六，中國的語言，是最簡練的語言。你看我們的詩吧，就用四言、五言、七言，最長的是九言。當然我說的是老詩，新詩不同一些。但是哪怕是新詩，大概一百二十個字一行也不行。為什麼中國古詩只發展到九個字一句呢？這就是我們文字的本質決定下來的。我們應該明白我們語言文字的本質。要真掌握了它，我們說話就不會繞彎子了。我們現在似乎愛說繞彎子的話，如「對他這種說法，我不同意！」為什麼不說：「我不同意他的話」呢？為什麼要白添那麼些字？又如「他所說的，那是廢話。」咱們一般地都說：「他說的是廢話。」為什麼不這樣說呢？到底是哪一種說法有勁呢？

這種繞彎子說話，當然是受了「五四」以來歐化語法的影響。弄得好嘛，當然可以。像說理的文章，往往是要改換一下中國語法。至於一般的話語為什麼不按我們自己的習慣說呢？

第七，說到這裡，我就要講到一個很重要的問題，就是深入淺出的問題。提到深入，我們總以為要用深奧的、不好懂的語言才能說出很深的道理。其實，文藝工作者的本事就是用淺顯的話，說出很深的道理來。這就得想辦法。必定把一個問題想得透澈了，然後才能用普通的、淺顯的話說出很深的道理。我們開國時，毛主席說：「中國人民站起來了。」中國經過了多少年艱苦的革命過程，現在人民才真正當家作主。這一句說出了真理，而且說得那麼簡單、明了、深入淺出。

第八，我們要說明一下，口語不是照抄的，而是從生活中提煉出來的。舉一個例子：唐詩有這麼兩句：「大漠孤煙直，長河落日圓。」這都沒有一個生字。可是仔細一想，真了不起，它把大沙漠上的景緻真實地概括地寫出來了。沙漠上的空氣乾燥，氣壓高，所以煙一直往上升。住的人家少，所以是孤煙。大河上，落日顯得特別大，特別圓。作者用極簡單的現成的語言，把沙漠全景都表現出來了。沒有看過大沙漠，沒有觀察力的人，是寫不出來的。語言就是這樣提煉的。有的人到工廠，每天拿個小本記工人的語言，這是很笨的辦法。照抄別人的語言是笨事，我們不要拼湊語言，而是從生活中提煉語言。

語言須配合內容：我們要描寫一個個性強的人，就用強烈的文字寫，不是寫什麼都是那一套，沒有一點變化，也就不能感動人。《紅樓夢》中寫到什麼情景就用什麼文字。文字是工具，要它幹什麼就幹什麼，不能老是那一套。《水滸》中武松大鬧鴛鴦樓那一場，都用很強烈的短句，使人感到那種英雄氣概與敏捷的動作。要像畫家那樣，用黯淡的顏色表現陰暗的氣氛，用鮮明的色彩表現明朗的景色。

其次，談談對話。對話很重要，是文學創作中最有藝術性的部分。對話不只是交代情節用的，而要看是什麼人說的，為什麼說的，在什麼環境中說的，怎麼說的。這樣，對話才能表現人物的性格、思想、感情。想對話時要全面的、「立體」的去想，看見一個人在那兒鬥爭，就想這人該怎麼說話。有時只說一個字就夠了，有時要說一大段話。你要深入人物心中去，找到生活中必定如此說的那些話。沉默也有效果，有時比說話更有力量。譬如一個人在辦公室接到電話，知道自己的小孩死了，當時是說不出話來的。又譬如一個人老遠地回家，看到父親死了，他只能喊出一聲「爹」，就哭起來。他絕不會說：「偉大的爸爸，你怎麼今天死了！」沒有人會這樣說，通常是喊一聲就哭，說多了就不對。無論寫什麼，沒有徹底了解，就寫不出。不同那人共同生活，共同哭笑，共同呼吸，就描寫不好那個人。

我們常常談到民族風格。我認為民族風格主要表現在語言上。除了語言，還有什麼別的地方可以表現它呢？你說短文章是我們的民族風格嗎？外國也有。你說長文章是我們民族風格嗎？外國也有。主要是表現在語言上，外國人不說中國話。用我們自己的語言表現的東西有民族風格，一本中國書譯成外文就變了樣，只能把內容翻譯出來，語言的神情很難全盤譯出。民族風格主要表現在語言文字上，希望大家多用工夫學習語言文字。

第二部分：回答問題。

我不想用專家的身分回答問題，我不是語言學家。對我們語言發展上的很多問題，不是我能回答的。我只能以一個寫過一點東西的人的資格來回答。

第一個問題：怎樣從群眾語言中提煉出文學語言？這我剛才已大致說過，學習群眾的語言不是照抄，我們要根據創作中寫什麼人，寫什麼事，去運用從群眾中學來的語言。一件事情也許普通人嘴裡要說十句，我們要設法精簡到三四句。這是作家應盡的責任，把語言精華拿出來。連造句也是一樣，按一般人的習慣要二十個字，我們應設法用十個字就說明白。這是可能的。有時一個字兩個字都能表達不少的意思。你得設法調動語言。你描述一個情節的發展，若是能夠選用文字，比一般的話更簡練、更生動，就是本事。有時候你用一個「看」字或「來」字就能省下一句話，那就比一般人嘴裡的話精簡多了。要調動你的語言，把一個字放在前邊或放在後邊，就可以省很多字。兩句改成一長一短，又可以省很多字。要按照人物的性格，用很少的話把他的思想感情表達出來，而不要照抄群眾語言。先要學習群眾語言，掌握群眾語言，然後創作性地運用它。

第二個問題：南方朋友提出，不會說北方話怎麼辦呢？這的確是個問題！有的南方人學了一點北方話就用上，什麼都用「壓根兒」，以為這就是北方話。這不行！還是要集中思考你所寫的人物要幹什麼，說什麼。從這一點出發，儘管語言不純粹，仍可以寫出相當清順的文字。不要賣弄剛學會的幾句北方話！有意賣弄，你的話會成為四不像了。如果順著人物的思想感情寫，即使語言不漂亮，也能把人物的心情寫出來。

我看是這樣，沒有掌握北方話，可以一面揣摩人情事理，一面學話，這麼學比死記詞彙強。要從活人活事裡學話，不要死背「壓根兒」、「真棒」……。南方人寫北方話當然有困難，但這問題並非不能解決，否則沈雁冰先生、葉聖陶先生就寫不出東西了。他們是南方人，但他們的語言不僅順暢，而且有風格。

第三個問題：詞彙貧乏怎麼辦？我希望大家多寫短文，用最普通的文字寫。是不是這樣就會詞彙貧乏，寫不生動呢？這樣寫當然詞彙用的少，但是還能寫出好文章來。我在寫作時，拚命想這個人物是怎麼思想的，他有什麼感情，他該說什麼話，這樣，我就可以少用詞彙。我主要是表達思想感情，不孤立地貪圖多用詞彙。我們平時嘴裡的詞彙並不多，在三反五反時，鬥爭多麼激烈，誰也沒顧得去找詞彙，可是鬥爭仍是那麼激烈，可見人人都會說話，都想一句話把對方說低了頭。這些話未見得會有豐富的詞彙，但是能深刻地表達思想感情。

我寫東西總是盡量少用字，不亂形容，不亂用修辭，從現成話裡掏東西。一般人的社會接觸面小，詞彙當然貧乏。我覺得很奇怪，許多寫作者連普通花名都不知道，都不注意，這就損失了很多詞彙。我們的生活若是局限於小圈子裡，對生活的各方面不感趣味，當然詞彙少。作家若以為音樂、圖畫、雕塑、養花等等與自己無關，是不對的。對什麼都不感興趣，哪裡來的詞彙？你接觸了畫家，他就會告訴你很多東西，那就豐富了詞彙。我不懂音樂，我就只好不說；對養花、鳥、魚，我感覺興趣，就多得了一些詞彙。豐富生活，就能豐富詞彙。這需要慢慢積蓄。你接觸到一些京戲演員，就多聽到一些行話，如「馬前」、「馬後」等。這不一定馬上有用，可是當你寫一篇文章，形容到一個演員的時候，就用上了。每一行業的行話都有很好的東西，我們接觸多了就會知道。不管什麼時候用，總得預備下，像百貨公司一樣，什麼東西都預備下，從留聲機到鋼筆頭。我們的毛病就是整天在圖書館中抱著書本。要對生活各方面都有興趣；買一盆花，和賣花的人聊聊，就會得到許多好處。

第四個問題：地方土語如何運用？

語言發展的趨勢總是日漸統一的。現在的廣播，教科書都以官話為主。但這裡有一個矛盾，即「一般化的語言」不那麼生動，比較死板。所以，有生動的方言，也可以用。如果怕讀者不懂，可以加一個注解。我同情廣東、福建朋友，他們說官話是有困難，但大勢所趨，沒有辦法，只好學習。方言中名詞不同，還不要緊，北京叫白薯，山東叫地瓜，四川叫紅苕，沒什麼關係：現在可以互注一下，以後總會有個標準名詞。動詞就難了，地方話和北方話相差很多，動詞又很重要，只好用「一般語」，不用地方話了。形容詞也好辦，北方形容淺綠色說「綠陰陰」的，也許廣東人另有說法，不過反正有一個「綠」字，讀者大致會猜到。主要在動詞，動詞不明白，行動就都亂了。我在一本小說中寫一個人「從凳子上『出溜』下去了」，意思是這人突然病了，從凳上滑了下去，一位廣東讀者來信問：「這人溜出去了，怎麼還在屋子裡？」我現在逐漸少用北京土語，偶爾用一個也加上注解。這問題牽涉到文字的改革，我就不多談了。

第五個問題：寫對話用口語還容易，描寫時用口語就困難了。

我想情況是這樣，對話用口語，因為沒有辦法不用。但描寫時也可以試一試用口語，下筆以前先出聲地唸一唸再寫。比如描寫一個人「身量很高，臉紅撲撲的」，還是可以用口語的。別認為描寫必須另用一套文字，可以試試嘴裡怎麼說就怎麼寫。

第六個問題：「五四」運動以後的作品——包括許多有名作家的作品在內——一般工農看不懂、不習慣，這問題怎麼看？

我覺得「五四」運動對語言問題上是有偏差的。那時有些人以為中國語言不夠細緻。

他們都會一種或幾種外國語，唸慣了西洋書，愛慕外國語言，有些瞧不起中國話，認為中國話簡陋。其實中國話是世界上最進步的。很明顯，有些外國話中的「桌子椅子」還有陰性、陽性之別，這沒什麼道理。中國話就沒有這些羅裡羅嗦的東西。

但「五四」傳統有它好的一面，它吸收了外國的語法，豐富了我們語法，使語言結構上複雜一些，使說理的文字更精密一些。如今天的報紙的社論和一般的政治報告，就多少採用了這種語法。

我們寫作，不能不用人民的語言。「五四」傳統好的一面，在寫理論文字時，可以採用。創作還是應該以老百姓的話為主。我們應該重視自己的語言，從人民口頭中，學習簡練、乾淨的語言，不應當多用歐化的語法。

有人說農民不懂「五四」以來的文學，這說法不一定正確。以前農民不認識字，怎麼能懂呢？可是也有雖然識字而仍不懂，連今天的作品也還看不懂。從前中國作家協會開會請工人提意見，他們就提出某些作品的語言不好，看不懂，這是值得警惕的，這是由於我們還沒有更好地學習人民的語言。

第七個問題：應當如何用文學語言影響和豐富人民語言？

我在三十年前也這樣想過：要用我的語言來影響人民的語言，用白話文言夾七夾八的合在一起，可是問題並未解決。現在，我看還是老老實實讓人民語言豐富我們的語言，先別貪圖用自己的語言影響人民的語言吧。

第八個問題：如何用歇後語。

我看用得好就可以用。歇後語、俗語，都可以用，但用得太多就沒意思。《春風吹到諾敏河》中，每人都說歇後語，好像一個村子都是歇後語專家，那就過火了。

學生腔

何謂學生腔？尚無一定的說法。

在這裡，我並不想給它下個定義。

不管怎麼說，學生腔總是個貶詞。那麼，就我所能見到的來談一談，或不無好處。

最容易看出來的是學生腔裡愛轉文，有意或無意地表示作者是秀才。古時的秀才愛轉詩云、子曰，與之乎者也。戲曲裡、舊小說裡，往往諷刺秀才們的這個酸溜溜的勁兒。今之「秀才」愛用「眾所周知」、「憤怒的葡萄」等等書本上的話語。

不過，這還不算大毛病，因為轉文若轉對了，就對文章有利。問題就在轉得對不對。若是只貪轉文，有現成、生動的話不用，偏找些陳詞濫調來敷衍，便成了毛病。

為避免此病，在寫文章的時候，我們必須多想。想每個字合適與否，萬不可信筆一揮，開特別快車。寫文章是極細緻的工作。字沒有高低貴賤之分，全看用的恰當與否。

連著用幾個「偉大」，並不足使文章偉大。一個很俗的字，正如一個很雅的字，用在恰當的地方便起好作用。不要以為「眾所周知」是每篇文章不可缺少的，非用不可的。每一篇的內容不同，它所需要的話語也就不同；生活不同，用語亦異；若是以一套固定的話語應付一切，便篇篇如此，一道湯了。要想，多想，字字想，句句想。想過了，便有了選擇；經過選擇，才能恰當。

多想，便能去掉學生腔的另一毛病——鬆懈。文章最忌不疼不癢，可有可無。文章不是信口開河，隨便瞎扯，而是事先想好，要說什麼，無須說什麼，什麼多說點，什麼一語帶過，無須多說。文章是妥善安排，細心組織成的。說值得說的，不說那可有可無的。學生腔總是不經心的泛泛敘述，說的多，而不著邊際。這種文字對誰也沒有好處。寫文章要對讀者負責，必須有層次，清清楚楚，必須叫讀者有所得。

幼稚，也是學生腔的一病。這有兩樣：一樣是不肯割捨人云亦云的東西。舉例說：形容一個愛修飾的人，往往說他的頭髮光滑得連蒼蠅都落不住。這是人人知道的一個說法，頂好省去不用。用上，不算錯誤；但是不新穎，沒力量，人云亦云。第二樣是故弄聰明，而不合邏輯，也該刪去或修改。舉例說：有一篇遊記裡，開篇就說：「這一回，總算到了西北，到了古代人生活過的環境裡了。」這一句也許是用心寫的，可是心還沒用夠，不合邏輯，因為古人生活過的地方不止西北。寫文章應出奇制勝，所以要避免泛泛的陳述。不能出奇，則規規矩矩地述說，把事情說明白了，猶勝於東借一句，西抄一句。頭一個說頭髮光滑得連蒼蠅都落不住的是有獨創能力的，第二個人借用此語，便不新鮮了，及至大家全曉得了此語，我們還把它當作新鮮話兒來用，就會招人搖頭了。要出奇，可也得留神是否合乎邏輯。邏輯性是治幼稚病的好藥。所謂學生腔者，並不一定是學生寫的。有的中學生、大學生，能夠寫出很好的文字。一位四五十歲的人，拿起筆來就寫，不好好地去想，也會寫出學生腔來。寫文章是費腦子的事。

用學生腔寫成的文章往往冗長，因為作者信口開河，不知剪裁。文章該長則長，該短則短。長要精，短也要精。長不等於拖泥帶水，扯上沒完。有的文章，寫了一二百字，還找不著一個句號。這必是學生腔。好的文章一句是一句，所以全篇儘管共有幾百字，卻能解決問題。不能解決問題，越長越糟，白耽誤了讀者的許多時間。人都是慢慢地成長起來的。年輕，意見當然往往不成熟，不容易一寫就寫出解決問題的文章來。正因為如此，所以青年才該養成多思索的習慣。不管思索的結果如何，思索總比不思索強的多。養成這個好習慣，不管思想水平如何，總會寫出清清楚楚、有條有理的文字來。

這很重要。趕到年歲大了些，生活經驗多起來，思想水平也提高了，便能叫文字既清楚又深刻。反之，不及早拋棄學生腔，或者就會叫我們積重難返，總甩不掉它，吃虧不小。思路清楚，說的明白，須經過長時間的鍛鍊，勤學苦練是必不可少的。

說到此為止，不一定都對。

談敘述與描寫——對北京大學中文系學生的講話摘要

寫文章須善於敘述。不論文章大小，在動筆之前，須先決定給人家的總印象是什麼。這就是說，一篇文章裡以什麼為主導，以便妥善安排。定好何者為主，何者為副，便不會東一句西一句，雜亂無章。比如以西山為題，即須先決定，是寫西山的地質，還是植物，或是專寫風景。寫地質即以地質為主導，寫植物即以植物為主導，在適當的地方，略道岩石或花木之美，但不使喧賓奪主。這樣，既能給人家以清晰的印象，又能顯出文筆，不至全篇乾巴巴的。這樣，也就容易安排資料和陳述的層次了。要不然，西山可寫的東西很多，從何落筆呢？

若是寫風景，則與前面所說的相反，應以寫景為主，寫出詩情畫意，而不妨於適當的地方寫點實物，如岩石與植物，以免過於空洞。

是的，寫實物，即以實物為主，而略加抒情的描寫，使文章生動空靈一些。寫詩情畫意呢，要略加實物，以期虛中有實。

談敘述與描寫——對北京大學中文系學生的講話摘要

作文章有如繪畫，要先安排好，以什麼為主體，以什麼烘托，使它有實有虛，實而不板，虛而不空。敘述必先設計，而如何設計即看要給人家的主要印象是什麼。

敘述一事一景，須知其全貌。心中無數，便寫不下去。知其全貌，便寫幾句之後即能總結一下，使人極清楚地看到事物的本質。比如說我們敘述北京春天的大風，在寫了幾句如何刮法之後，便說出：北京的春風似乎不是把春天送來，而是狂暴地要把春天吹跑。這個小的總結便容易使人記住，知道了北京的春風的特點。這樣的句子是知其全貌才能寫出來的。若無此種的結論式的句子，則說的很多，而不著邊際，使人厭煩。又比如：〈赤壁賦〉中的「山高月小，水落石出」這八個字，便是完整地畫出一幅畫來，有許多畫家以此為題去作畫。有了這八個字，我們便看到某一地方的全景，也正是因為作者對這一地方知其全貌。這才能給人以不可磨滅的印象。這才能夠寫得簡練精彩。

「山高月小，水落石出」這八個字，連小學生也認識。可是，它們又是那麼了不起的八個字。這是作者真認識了山川全貌的結果。我們在動筆之前，應當全盤想過，到底對我們所要寫的知道多少，提得出提不出一些帶總結性的句子來。若是知道的太少，心中無數，我們便敘述不好。敘述不是枝枝節節地隨便說，而是把事物的本質說出來，使人得到確實的知識。

或問：敘述宜細，還是宜簡？細寫不算不對。但容易流於冗長。為矯此弊，細寫須要命得起，推得開。古人說，寫文章要精鶩八極，心遊萬仞。這是什麼意思呢？就是作者觀察事物，無微不入，而後在敘述的時候，又善於調配，使小事大事都能連繫到一處，一筆寫下狂風由沙漠而來，天昏地暗，一筆又寫到連屋中熬著的豆汁也當中翻著白浪，而鍋邊上浮動著一圈黑沫。大開大合，大起大落，便不至於冗細拖拉。這就是說，敘述不怕細緻，而怕不生動。在細緻處，要顯出才華。文筆如放風箏，要飛起來，不可爬伏在地上。要自己有想像，而且使讀者的想像也活躍起來。

內容決定形式。但形式亦足左右內容。同一內容，用此形式去寫就得此效果，用另一形式去寫則效果即異。前幾天，我寫了一篇〈敬悼郝壽臣老先生〉短文。我所用的那點資料，和寫郝老先生生平事蹟的相同。可是，我是要寫一篇悼文，所以我就透過群眾的眼睛來看老先生的一生。這便親切。從群眾眼中看出他如何認真嚴肅地演劇，如何成名之後，還孜孜不息，排演新戲。這就寫出了他是人民的演員。因為是寫悼文，我就不必用寫生平事蹟所必用的某些資料，而選用了與群眾有關的那一些。這就加強了悼文的效果。形式不同，資料的選取與安排便也不同，而效果亦異。

敘述與描寫本不易分開。現在我把它們分開，為了說著方便。下面談描寫。

描寫也首先決定於要求什麼效果，是喜劇的，還是正面的？假若是要喜劇效果，就應放手描寫，誇張一些。比如介紹老張，頭一句就說老張的鼻子天下第一。若是正面描寫，就不該用此法。我們往往描寫的不生動，不明確，原因之一即由於事先沒有決定要什麼效果，所以選材不合適，安排欠妥當。描寫的方法是依效果而定。決定要喜劇效果，則利用誇張等手法，取得此效果。反之，要介紹一位正面人物或嚴肅的事體，則須取嚴肅的描寫方法。語言文字是要配合文章情調的，使人發笑或肅然起敬。

在一篇小說中，有不少的人，不少的事。都要先想好：哪個人滑稽，哪個人嚴肅，哪件事可笑，哪件事可悲，而後依此決定，進行描寫。還要看主導是什麼，是喜劇，則少寫悲的；是悲劇，則少寫喜的。

一篇作品中若有好幾個人，描寫他們的方法要各有不同，不要都先介紹履歷，而後模樣，而後衣冠。有的人可以先介紹模樣，有的人可以先介紹他正在作些什麼，把他的性格烘托出來——此法在劇本中更適用，在短篇小說中也常見，因為舞臺上的人物一出來已打扮停妥，用不著描寫，那麼叫他先做點什麼，便能顯露他的性格；短篇小說篇幅有限，不能詳細介紹衣冠相貌，那麼，就先叫他作點事情，順手兒簡單地描寫他的形象，有那麼幾句就差不多了。

練習描寫人物，似應先用寫小說的辦法，音容衣帽與精神面貌可以雙管齊下，都寫下來。這麼練習了之後，要再學習戲劇中的人物描寫方法，即用動作、語言，表現出人物的特點與性格來。這比寫小說中人物要難的多了。我們不妨這麼練習：先把人物的內心與外貌都詳細地寫出來，像寫小說那樣；而後，再寫一段對話，要憑著這段對話表現出人物的精神面貌來，像寫劇本那樣。這麼練習，對寫小說與劇本都有益處。

這也是知其全貌的辦法。我們先知道了這個人的一生，而後在描寫時，才能由小見大，用一句話或一個動作，表現出他的性格來。一個老實人，在劃火柴點菸而沒點燃的時節，便會說：「唉！真沒用，連根菸也點不著！」一個性情暴躁的人呢，就不是這樣，而也許高叫：「他媽的！」這樣，知其全貌，我們就能用三言五語寫出個人物來。

寫景的方法很多，可以從古今的詩句散文中學習，描寫人物較難，故不多談寫景。

描寫人物要注意他的四圍，把時間地點等跟人物合在一處。要有人，還有畫面。《水滸傳》中的林沖去沽酒，既有人物，又有雪景，非常出色。武松打虎也有景陽岡作背景。《紅樓夢》中的公子小姐們，連居住的地方，如瀟湘館等，都暗示出人物的性格。一切須為人物服務，使人物突出。

一篇小說中有好多人物，要分別主賓，有的細寫，有的簡寫。雖然是簡寫，也要活生活現，這須用劇本中塑造人物的方法，三言五語就描畫出個人物來。我們平時要經常仔細觀察人，且不斷地把他們記下來。

在描寫時，不能不設喻。但設喻必須精到。不精到，不必設喻。要切忌泛泛的比喻。生活經驗不豐富，知識不廣博，不易寫出精彩的比喻來。

以上所說的，都不大具體，因為要具體地說，就很難不講些修辭學中的道理。而同學們的修辭學知識比我還更豐富，故無須我再說。我所說的這一些，也並不都正確，請批評指正！

人物不打折扣

常有人問：有了一個很不錯的故事，為什麼寫不好或寫不出人物？

據我看，毛病恐怕是在只知道人物在這一故事裡做了什麼，而不知道他在這故事外還做了什麼。這就是說，我們只知道了一件事，而對其中的人物並沒有深刻的全面的了解，因而也就無從創造出有骨有肉的人物來。不論是中篇或短篇小說，還是一出獨幕劇或多幕劇，總要有個故事。人物出現在這個故事裡。因為篇幅有限，故事當然不能很長，也不能很複雜。於是，出現在故事裡的人物，只能夠作某一些事，不會很多。這一些事只是人物生活中的一片段，不是他的全部生活。描寫全部生活須寫很長的長篇小說。這樣，只仗著一個不很長的故事而要表現出一個或幾個生龍活虎般的人物來，的確是不很容易。

怎麼辦呢？須從人物身上打主意。我們得到了一個故事，就要馬上問問自己：對其中的人物熟悉不熟悉呢？假若很熟悉，那就可能寫出人物來。假若全無所知，那就一定

人物不打折扣

寫不出人物來。

在一篇短篇小說裡或一篇短劇裡，沒法子裝下一個很複雜的故事。人物只能做有限的事，說有限的話。為什麼做那點事、說那點話呢？怎樣做那點事、說那點話呢？這可就涉及人物的全部生活了。只有我們熟悉人物的全部生活，我們才能夠形象地、生動地、恰如其分地寫出人物在這個小故事裡做了什麼和怎麼做的，說了什麼和怎麼說的。透過這一件事，我們表現出一個或幾個形象完整的人物來。只有這樣的人物才會做出這樣的一點事，說出這樣的一點話。我們必須去深刻地了解人。知道他的十件事，而只寫一件事，容易成功。只知道一件，就寫一件，很難寫出人物來。

在我的幾篇較好的短篇小說裡，我都用的是預備寫長篇的資料。因為沒有時間寫長篇，我往往從預備好足夠寫一二十萬字的小說裡抽出某一件事，寫成只有幾千字的短篇。這樣的短篇，雖然故事簡單，人物不多；可是，對人物的一切，我已想過多少次。於是，人物的一舉一動，一言一語，都能夠表現他們的不同的性格與生活經驗。我認識他們。我本來是想用一二十萬字從生活各方面描寫他們的。

篇幅雖短，人物可不能折扣！在長篇小說裡，我們可以從容地、有頭有尾地敘述一個人物的全部生活。在短篇裡，我們是藉著一個簡單的故事，生活中的一片段，表現出人物。我們若是知道一個人物的生活全部，就必能寫好他的生活的一片段，使人看了相信：只有這樣一個人，才會做出這樣的一些事。雖然寫的是一件事，可是能夠反映出人物的全貌。

還有一件事，也值得說一說。在我把劇本交給劇院之後，演員們總是順著我寫的臺詞，分別給所有的人物去作小傳。即使某一人物的臺詞只有幾句，預備扮演他（或她）的演員也照著這幾句話，加以想像，去寫出一篇人物小傳來。這是個很好的方法。這麼做了之後，演員便摸到劇中人物的底。不管人物在臺上說多說少，演員們總能設身處地，從人物的性格與生活出發，去說或多或少的臺詞。某一人物的臺詞雖然只有那麼幾句，演員卻有代他說千言萬語的準備。因此，演員才能把那幾句話說好——只有這樣的一個角色，才會這麼說那幾句話。假若演員不去擬寫人物小傳，而只記住那幾句臺詞，他必定不能獲得聞聲知人的效果。人物的全部生活決定他在舞臺上怎麼說那幾句話。是的，得到一個故事，最好是去細細思索其中的人物。假若對人物全無所知，就請不要執筆，而須先去生活，去認識人。故事不怕短，人物可必須立得起來。人物的形象不應因故事簡短而打折扣。只知道一個故事，而不洞悉其中人物，無法進行創作。人是故事的主人。

文病

有些人本來很會說話，而且認識不少的字，可是一拿起筆來寫點什麼就感到困難，好大半天寫不出一個字。這是怎麼一回事呢？這裡面大概有許多原因，而且人各不同，不能一概而論。現在，我只提一個較比普遍的原因。這個原因是與文風有關係的。

近年來，似乎有那麼一股文風：不痛痛快快地有什麼說什麼，該怎說就怎說，而力求語法彆扭，語言生硬，說了許許多多，可是使人莫名其妙。久而久之，成了一種風氣，以為只有這些似通不通，難唸難懂的東西才是文章正宗。這可就害了不少人。有不少人受了傳染，一拿起筆來就把現成的語言與通用的語法全放在一邊，而苦心焦思地去找不現成的怪字，「創造」非驢非馬的語法，以便寫出廢話大全。這樣，寫文章就非常困難了。本來嘛，有現成的字不用，而鑽天覓縫去找不現成的，有通用的語法不用，而費盡心機去「創造」，怎能不困難呢？於是，大家一拿筆就害起怕來，哎呀，怎麼辦呢？怎麼能夠寫得高深莫測，使人不懂呢？有的人因為害怕就不敢拿筆，有的人硬著頭皮死幹，可是寫完了連自己也看不懂了。大家相對嘆氣，齊說文章不好寫呀。這種文風就這麼束縛住了寫作能力。

我說的是實話，並不太誇張。我看見過一些文稿。在這些文稿中，躲開現成的字與通用的語法，而去硬造怪字怪句，是相當普遍的現象。可見這種文風已經成為文病。此病不除，寫作能力即不易得到解放。所以，改變文風是今天的一件要事。

寫文章和日常說話確是有個距離，因為文章須比日常說話更明確、簡練、生動。所以寫文章必須動腦筋。可是，這樣動腦筋是為給日常語言加工，而不是要和日常語言脫節。跟日常語言脫了節，文章就慢慢變成天書，不好懂了。比如說：大家都說「消滅」，而我偏說「消沒」，便是脫離群眾，自討無趣，一個寫作者的本領是在於把現成的「消滅」用得恰當，正確，而不在於硬造一個「消沒」。硬造詞，別人不懂。我們說「消滅四害」就恰當。我們若說：「曉霧消滅了」就不恰當，因為我們通常都說「霧散了」不說「消滅了」——事實上，我們今天還沒有消滅霧的辦法。今天的霧散了，明天保不住還下霧。

對語法也是如此：我們雖用的是通用的語法，可是因動過腦筋，所以說得非常生動有力，這就是本領。假若不這麼看問題，而想別開生面，硬造奇句，是會出毛病的。請看這一句吧：「一瓢水潑出你山溝」。這說的是什麼呢？我問過好幾個朋友，大家都不懂。這一句的確出奇，突破了語法的成規。可是誰也不懂，怎麼辦呢？要是看不懂的就是好文章，那麼要文章幹嘛呢？我們應當鄙視看不懂的文章，因為它不能為人民服務。「把一瓢水潑在山溝裡」，或是「你把山溝裡的水潑出一瓢來」，都像話，大家都能說得出，認識些字的也都能寫得出。就這麼寫吧，這是我們的話，很清楚，人人懂，有什麼不好呢？實話實說是個好辦法。雖然頭一兩次也許說的不太好，可是一次生，兩次熟，只要知道寫文章原來不必繞出十萬八千里去找怪物，就會有了膽子。然後，繼續努力練習，由說明白話進一步說生動而深刻的話，就摸到門兒了。即使始終不能寫精彩了，可是明白話就有用處，就不丟人。反之，我們若是每逢一拿筆，就裝腔作勢，高叫一聲：現成的話，都閃開，我要出奇制勝，作文章啦，恐怕就會寫出「一瓢水潑出你山溝」了！這一句實在不易寫出，因為胡塗得出奇。別人一看，也就驚心：可了不得，得用多少工夫，才會寫出這麼「奇妙」的句子啊！大家都膽小起來，不敢輕易動筆，怕寫出來的不這麼「高深」啊。這都不對！我們說話，是為叫別人明白我們的意思。我們寫文章，是為叫別人更好地明白我們的意思。話必須說明白，文章必須寫得更明白。這麼認清問題，我們就不害怕了，就敢拿筆了；有什麼說什麼，有多少說多少，不裝腔作勢，不烏煙瘴氣。這麼一來，我們就不會再把作文章看成神祕的事，而一種健康爽朗的新文風也就會慢慢地建樹起來。

習作新曲藝的一些小經驗

根據我自己習作通俗曲藝的經驗，提出下列應該注意的幾點，供大家參考：

（一）把握形式：在民間進行的曲藝裡，不要說是唱的，就是說的也有一定的技巧與形式。我們的新詩須改成鼓詞或小曲才能唱，我們的新小說須改成評書才能說。這就是說，我們必須利用民間曲藝的技巧與形式，才能把我們的作品說給或唱給人民聽。所以，要為人民製作曲藝，我們就必須先把握住曲藝的形式。

當然，我們可以創造新形式。但這問題不是我在這裡所要說的。

最妥當的辦法是要寫鼓詞，就要去和藝人學一兩段鼓詞；要寫金錢板就先學會一兩段金錢板。我們自己，即使是粗枝大葉的，若能說或唱一兩段老玩藝兒，趕到寫製這路東西的時候，就方便的多了。

在抗日戰爭中，我認識了唱京音大鼓的富少舫先生和唱犁鏵大鼓的董蓮枝女士。他們請求我給寫新詞，我要求他們先教我唱一兩段。他們真的教給了我兩段最長最難學的鼓書。這點工夫沒白費。等到我提筆試寫的時節，我心中對故事的起落結構及腔調音節的運用已大致的都有個譜兒，寫起來較比順利。寫完，經藝人們再增添或改動幾句或幾個字便可以安腔入弦了。這是個很不錯的辦法。我希望曲藝研究機關能立個講習班，請幾位藝人教給我們說說唱唱，而使我們再寫說說唱唱的作品。

（二）句子要切得開，學習了之後，我們很容易的理會到：故事怎樣布局，腔調如何運用。最難的恐怕是造句了，我們在這一點上要下很大很大的工夫才能弄得差不離。「說」的比較容易，不在話下，「唱」的可有點麻煩。我們首先要知道：唱的須是韻文，不是隨便信口開河，說家常話兒，因此：「小狗子和他的哥哥小牛兒，在院子裡的雪地上正扭秧歌。」

這麼一句，雖然分開寫出，可並不是韻文，不能夠唱——除非找音樂家另作新譜，那可就出了咱們現在正談的範圍。讓咱們把前邊的兩句改造一下吧。看：

「牛兒狗子小哥倆，院中雪地扭秧歌。」

這麼一來，可就能唱了——儘管不是很好的句子。原來，民間曲藝的詞句雖然是用土語白話造成的，可是它卻受了舊詩——不是新詩——的影響。在一句的平仄排列上，它不像舊詩那樣的嚴格，可是為了能唱，它的每一句都像舊詩似的那麼出聲兒。切得開就會出聲。看：

「牛兒狗子小哥倆　院中　雪地　扭秧歌。」

每句都能切成三段，這就有了音節，說也好聽，唱也好唱。把三段切法擴大，可以有：

「大牛兒二狗兒兄弟倆　院子裡　雪地上　去扭秧歌。」

或：

「笨大牛兒傻二狗兒小哥倆　院子裡頭　雪地上面　扭秧歌。」

或……

總而言之，切得開即有辦法唱，切不開沒辦法——像：「蔣介石呀跑到臺灣就能保住腦袋嗎！」

前面說過，一句中的平仄排列不必像舊詩那麼嚴格，可是若能顧到這一點就更好。看：

「雞鴨魚肉擺滿案，山珍海味樣樣全。」

唱是一樣能唱，可就不如：

「雞鴨魚肉樁樁有，海味山珍樣樣全。」

雖然「山珍海味」在口語中比「海味山珍」更現成一點。自然，有人一定非用「山珍海味」不可，也沒有多大關係。

（三）拚命押韻：押韻（轍）是最使人頭疼的事。它往往教我們因顧得合轍押韻，不能不犧牲了很好的白字眼和意思。可是，轍若用得俏皮，它的效果就遠非散文所能及。況且，大鼓，快書，單弦，以及數唱，根本非有轍不可，我們也就只好照辦，責無旁貸了。

消極的，我們應當避免那些並不活在口語中，而只寄生在民間文藝的詞彙，像「娘」、「馬能行」、「馬走戰」、「快些云」等。

消極的，我們不該用半個詞，像「殲滅」，而只用「殲」；「棺材」，而只用「棺」。「殲滅戰」是個新名詞，可是用此全詞，民眾能夠接受——民眾學習能力並不很小。反之，若單用一個「殲」字押韻，像「大軍南下把敵殲」便嫌太文，而且沒有力量。要知道，我們選擇韻腳越響亮明顯越好。字音字義稍一晦澀，唱的人便感到困難，聽的人便不易理會。在我的《過新年》太平歌詞裡，我原有這麼一句：「活埋省下一口棺。」「棺材」是通用的一詞，我卻只用了它的一半。韻有了，而是個瘸子。於是，我就改上：「不是活埋，就是鍘成兩半邊。」

消極的，不是民眾所熟悉的詞彙，不能因押韻的困難而勉強去用。舉例說：我輕易不用「然」字。必不得已，我只揀大戲與曲子裡慣用的「枉然」、「不然」和「慘然」，而不是「淒然」、「悠然」和「徒然」。在《過新年》中，我這麼寫：

「大年初一頭一天，家家戶戶過新年。

古往今來多少不平的事，一到新年更顯然。」

頭兩句是許多鼓詞中慣用的兩句話，沒有什麼可挑剔。為轉入正文，我必須用兩句話墊上，以便承上啟下。可是，第四句越看越彆扭，越看越不對勁。「顯然」生硬，不很通俗。我改了再改，而始終換不掉它。於是，另生一計，把全句改成「越過新年越顯然。」一句有兩個「越」字，近於口語，足以減輕「顯然」的罪過。可是，到今天我還對它不滿。

韻腳也怕硬湊。韻押得好，是水到渠成；押得不好，是鴨子上樹。初學者往往重複句子的末一字，使之成韻，不管通不通。像：王二上了山巔巔，李四摸著須尖尖……。這不好。遇到這種句子，頂好是從新寫過，不可偷懶。這種用字法，即使用得不錯；也難得叫好：因為兩個同音字相連，不易立得牢穩。韻腳既是腳，就必須立得住，不東搖西擺。看：「電車鈴兒響噹噹」好？

還是「電車鈴兒響叮噹」好？

趕到唱起來的時候，「叮噹」就取得絕對的優勢。

以上是消極的指出我們應避免什麼；現在，我們說些積極的應作些什麼。

是的，我們應當拚命去押韻，因為韻腳是韻文中畫龍點睛的地方。韻押得漂亮，現成，則全句的精神為之一振。韻押得不響亮，不現成，則唱無技可施，聽者感到悶氣。對押韻，我們不該取照例公式，隨便敷衍的態度，而是要煞費苦心，出奇致勝。記得在重慶的時候，我給富少舫先生寫過一段《新拴娃娃》。每逢他使這段活的時候，第一個摔板必得滿堂彩，第二個摔板永遠若無其事。第一個摔板是：

「二姐另有一宗病，見了情人先說頭疼，又恰好忘帶了阿司匹靈。」

阿司匹靈，在近二十年來，差不多已代替了萬應錠。可是，它還沒入過鼓詞。經過這麼一用，它就即新穎，又現成，唱者脫口而出，毫無勉強，聽者不由得叫出「好」來。

第二個摔板是劉二姐去參觀圖畫展覽會，假充行家，發表了意見：

「哎呀你們來看哪，這一枝梅花畫得多麼紅！」

我原來是要俏皮劉二姐的淺薄無知——梅花的好壞，不在乎畫得紅不紅。而且「紅」在中東轍裡又是個有分量的字。我想，這一句一唱出來，必能得到喝彩。可是，臺下沒有一個叫好的。這個「紅」字沒能負起它應盡的責任，因為它不像阿司匹靈的「靈」那麼現成，聽者得想半天才能悟出道理來。這一想呀，可就耽誤了喝彩喲！

十三套轍裡有寬有窄，為保險一點，我們應先挑選寬的用，如中東、人辰、汪洋、言前等轍。不過，即使用了寬轍，我們若不努力去找字，不努力去調換句子，還是（以用中東轍說吧）三句一個「在其中」，兩句一個「美英雄」，翻來覆去，老是那麼幾個字。假若我們肯下心去搜尋民間的俏皮話、歇後語、成語，我們（還以中東轍來說）就會連「寵」、「坑」等不易用的字也搬運出來，像：「照舊（舅）窮來照舊苦，真是外甥打燈籠。」和「一個蘿蔔一個坑。」

韻押不好，往往是因為要一氣寫成，不肯細心推敲。推敲的辦法最好不要只在一個字上著想，而須改動句子。是「香」好呢，還是「芳」好呢，只是一個字的問題。若是句子根本不行，把「芳」換成「香」仍然沒用，雖然大致的說，「香」比「芳」更現成，更響亮一些。比如說，我們寫到：「二嫂正做炒豆腐，廚房裡面噴噴香。」

我們就立刻發現「噴噴香」不現成，因為我們平常總說「香噴噴的」而不大說「噴噴香」。假若我們就盯住香字打主意，我們就毫無辦法；把「香」換成了「芳」就更糟。假若我們調動調動句子呢，我們就可以得到：「香噴噴的豆腐鍋裡炒，笑咪咪的二嫂在廚房。」

照這樣，我們還可以得到好幾樣不同的句子，任我們選擇。改了再改，四面八方的調動，我們才能把鼓詞和一切上韻的東西寫成為通俗的「詩」。我們必須自居為民間詩人，而不要以為七八個字一句，分開行寫，就諸事大吉了。

一般的鼓詞（單弦等不都這樣）都是上下句兒，上句末一字用仄聲的字，下句的平聲。有的人很能寫，但不辨平仄，於是寫出來不能唱，慢工出巧匠，多翻翻國語字典（假若用京語寫作）就行了，別怕麻煩，寫成而不能唱就更麻煩。

（四）要努力描寫：鼓書單弦等是一個人的戲劇。唱者一個人要把人、事、景、情都唱出來，忽而戰鼓咚咚，忽而蟲聲唧唧，忽而高，忽而低，忽而英雄氣短，忽而兒女情長。可是，他必須有好本子，然後才能這樣做。寫好本子是我們的責任。我們必須把人物，情景，描寫得好，藝人才能施展本事，獨自有聲有色的唱一齣戲。沒有描寫，即無形象，也就空洞無物。

描寫要消極的不落俗套。民間文藝之所以有時顯出庸凡，就因為自周朝到現在的小姐們都是柳葉眉，杏核眼；大將都是虎背熊腰；在服裝上，趙雲代表銀袍勇將，張飛代表黑臉將軍，於是多少多少勇將都和趙雲、張飛是一個模子磕出來的。我們今天的小姐即不以柳葉眉杏眼為美，我們的大將也不穿戴金甲金盔；我們得用自己的筆描畫新的人物。同樣的，我們今天的人既不身高丈二，也不能力舉千斤。我們不妨科學一點，勿過於誇大。

誇大，可是，不是完全要不得的。為使人物突出，我們不妨誇大一點，可就是別太過火了。

描寫人物風景要簡單而能生動，這是很不容易做到的。在下筆之前，我們要有充分的準備，把人物依著觀察的結果在心中通過多少多少遍；寫完，要改了再改。寫景最好配備著故事，〈草船借箭〉的霧，〈御碑亭〉的雨是非寫不可的。泛泛的寫景，如青山綠水，柳暗花明，大可不必。描寫是為了引人入勝，如見其人，如臨其境，而不是為顯露文才，搬來一大堆修詞的東西。

沒有故事的鼓詞等最難寫，而不是絕對不能寫。只要語言真能通俗，真能深入淺出，真能自然現成，就是說教講理還能成功。

以上所述，都是關於技巧的；至於思想如何正確，應當宣傳什麼，是另一問題，恕不多贅。

載一九五〇年三月七日《人民日報》

比喻

舊體詩有個嚴重的毛病：愛用典故。從一個意義來說，用典故也是一種比喻。壽比南山是比喻，壽如彭祖也是比喻——用彭祖活了八百歲的典故，祝人長壽。典故用恰當了，能使形象鮮明，想像豐富。可是，典故用多了便招人討厭，而且用多了就難免生拉硬扯，晦澀難懂。有許多舊體詩是用典故湊起來的，並沒多少詩意，所以既難懂，又討厭。

白話詩大致矯正了貪用典故的毛病，這很好。可是，既是詩，就不能不用比喻。所以新詩雖用典漸少，可是比喻還很多，以便做到詩中有畫。於是，就又出了新毛病：比喻往往太多，太多也就難免不恰當。

貪用比喻，往往會養成一種習慣——不一針見血的說話，而每言一物一事必是像什麼，如什麼。這就容易使詩句冗長，缺乏真帶勁頭的句子。一來二去，甚至以為詩就是擴大的「好比」，一切都須好比一下，用不著乾乾淨淨地說真話。這是個毛病。

比喻

比喻很難恰當。不恰當的不如不用。把長江大橋比作一張古琴，定難盡職。古琴的尺寸很短，古琴也不是擺在水上的東西，火車汽車來往的響聲不成曲調，並且不像琴聲那麼微弱。這差點事兒。把汽車火車的聲音比作交響樂，也同樣差點事兒。

比喻很難精彩。所以好用比喻的人往往不能不抄襲前人的意思，以至本是有創造性的設喻逐漸變成了陳詞濫調。「芙蓉為面柳為腰」本來不壞，後來被蝴蝶鴛鴦派詩人用濫了，便令人難過。至於用這個來形容今天乘風破浪的女同志們就更不對頭了。

不恰當的比喻，不要。恰當的比喻應更進一步，力求精彩。就是精彩的也不如直接地把話說出來。陸放翁是咱們的大詩人。他有個好用「如」、「似」的毛病。什麼「讀書似走名場日，許國如騎戰馬時」呀，什麼「生計似蛛聊補網，敝廬如燕旋添泥」呀，很多很多。這些比喻叫他的作品有時候顯著纖弱。他的名句：「王師北定中原日，家祭無忘告乃翁」，便不同了。這是愛國有真情，雖死難忘。這是真的詩，千載之後還使我們感動。那些帶有「如」、「似」的句子並沒有這股子勁頭。

比喻不是完全不可以用，但首先宜求恰當，還要再求精彩。詩要求形象。比喻本是利用聯想（以南山比長壽）使形象更為突出。但形象與形象的連繫必須合理，巧妙。否則亂比一氣，成了笑話。南山大概除了忽然遇到地震，的確可以長期存在，以喻長壽，危險不大。以古琴比長江大橋就有危險，一塊石頭便能把古琴（越古越糟）打碎。誰能希望長江大橋不久就垮架呢！

再隨手舉一兩個例子：那柔弱的蘭草，怎能比你們剛強！

蘭草本來柔弱，比它作甚呢？

川陝公路像一個稀爛的泥塘，公路很長，泥塘是「塘」，不是看不到頭的公路。兩個形象不一致。

蕭蕭落木是她啜泣的聲音。

「蕭蕭」——相當地響。啜泣——無聲為泣。自相矛盾。

也許這近於吹毛求疵吧？不是的。詩是語言的結晶，必須一絲不苟。詩中的比喻必須精到，這是詩人的責任。找不到好的比喻就不比喻，也還不失為慎重。若是隨便一想，即寫出來，便容易使人以為詩很容易作，可以不必推敲再推敲。這不利於詩的發展。

越短越難

怎麼寫短篇小說，的確是個很難回答的問題。我自己就沒寫出來過像樣子的短篇小說。這並不是說我的長篇小說都寫得很好，不是的。不過，根據我的寫作經驗來看：只要我有足夠的資料，我就能夠寫成一部長篇小說。它也許相當的好，也許無一是處。可是，好吧壞吧，我總把它寫出來了。至於短篇小說，我有多少多少次想寫而寫不成。這是怎麼一回事呢？

我仔細想過了，找出一些原因：先從結構上說吧：一部文學作品須有嚴整的結構，不能像一盤散沙。可是，長篇小說因為篇幅長，即使有的地方不夠嚴密，也還可以將就。短篇呢，只有幾千字的地方，絕對不許這裡太長，那裡太短，不集中，不停勻，不嚴緊。

這樣看來，短篇小說並不因篇幅短就容易寫。反之，正因為它短，才很難寫。

從文字上看也是如此。長篇小說多寫幾句，少寫幾句，似乎沒有太大的關係。短篇只有幾千字，多寫幾句和少寫幾句就大有關係，叫人一眼就會看出：這裡太多，那裡不夠！寫短篇必須做到字斟句酌，一點不能含糊。當然，寫長篇也不該馬馬虎虎，信筆一揮。不過，長篇中有些不合適的地方，究竟容易被精彩的地方給遮掩過去，而短篇無此便利。短篇應是一小塊精金美玉，沒有一句廢話。我自己喜寫長篇，因為我的幽默感使我會說廢話。我會抓住一些可笑的事，不管它和故事的發展有無密切關係，就痛痛快快發揮一陣。按道理說，這大不應該。可是，只要寫的夠幽默，我便捨不得刪去它（這是我的毛病），讀者也往往不事苛責。當我寫短篇的時候，我就不敢那麼辦。於是，我總感到束手束腳，不能暢所欲言。信口開河可能寫成長篇（文學史上有例可查），而絕對不能寫成短篇。短篇需要最高度的藝術控制。浩浩蕩蕩的文字，用之於長篇，可能成為一種風格。短篇裡浩蕩不開。

同時，若是為了控制，而寫得乾乾巴巴，就又使讀者難過。好的短篇，雖僅三五千字，叫人看來卻感到從從容容，舒舒服服。這是真本領。哪裡去找這種本領呢？從我個人的經驗來說，最要緊的是知道的多，寫的少。有夠寫十萬字的資料，而去寫一萬字，我們就會從容選擇，只要精華，盡去糟粕。資料多才易於調動。反之，只有夠寫五千字的資料，也就想去寫五千字，那就非弄到聲嘶力竭不可。

我常常接到文藝愛好者的信，說：我有許多小說資料，但是寫不出來。其中，有的人連信還寫不明白。對這樣的朋友，我答以先努力進修語文，把文字寫通順了，有了表現能力，再談創作。

有的來信寫的很明白，但是信中所說的未必正確。所謂小說資料是不是一大堆事情呢？一大堆事情不等於小說資料。所謂小說資料者，據我看，是我們把一件事已經咂摸透，看出其中的深刻意義——藉著這點事情可以說明生活中的和時代中的某一問題。這樣摸著了底，我們就會把類似的事情收攬進來，補我們原有的資料的不足。這樣，一件小說資料可能一來二去地包括著許多類似的事情。也只有這樣，當我們寫作的時候，才能左右逢源，從容不迫，不會寫了一點就無話可說了。反之，記憶中只有一堆事情，而找不出一條線索，看不出有何意義，這堆事情便始終是一堆事情而已。即使我們記得它們發生的次序，循序寫來，寫來寫去也就會寫不下去了——寫這些幹什麼呢！所謂一堆事情，乍一看起來，彷彿是五光十色，的確不少。及至一摸底，才知道值得寫下來的東西並不多。本來嘛，上茅房也值得寫嗎？值不得！可是，在生活中的確有上茅房這類的事。把一大堆事情剝一剝皮，即把上茅房這類的事都剝去，剩下的核兒可就很小很小了。所以，我奉勸心中只有一堆事情的朋友們別再以為那就是小說資料，應當先想一想，給事情剝剝皮，看看核兒究竟有多麼大。要不然，您總以為心中有一寫就能寫五十萬言的積蓄，及至一落筆便又有空空如也之感。同時，我也願意奉勸：別以為有了一件似有若無的很單薄的故事，便是有了寫短篇小說的內容。那不行。短篇小說並不因為篇幅短，即應先天不足！恰相反，正是因為它短，它才需要又深又厚。您所知道的必須比要寫的多得多。

是的，上面所說的也適用於人物的描寫。在長篇小說裡，我們可以從容介紹人物，詳細描寫他們的性格、模樣與服裝等等。短篇小說裡沒有那麼多的地方容納這些形容。短篇小說介紹人物的手法似乎與話劇中所用的手法相近——一些動作，幾句話，人物就活生生地出現在我們眼前。當然，短篇小說並不禁止人物的形容。可是，形容一多，就必然顯著冗長無力。我以為：用話劇的手法介紹人物，而在必要時點染上一點色彩，是短篇小說描繪人物的好辦法。

除非我們對一個人物極為熟悉，我們沒法子用三言兩語把他形容出來。在短篇小說裡，我們只能叫他做一兩件事，可是我們必須做到：只有這樣的一個人才會作這一兩件事，而不是這樣的一個人偶然地做了這一兩件事，更不是隨便哪個人都能做這一兩件事。即使我們故意叫他偶然地做了一件事，那也必須是只有這個人才會遇到這件偶然的事，只有這個人才會那麼處理這件偶然的事。還是那句話：知道的多，寫的少。短篇小說的篇幅小，我們不能叫人物做過多的事。我們叫他做一件事也好，兩件事也好，可是這點事必是人物全部生活與性格的有力說明，不是他一輩子只做了這麼一點點事。只有知道了孔明和司馬懿的終生，才能寫出〈空城計〉。假若事出偶然，恐怕孔明就會束手被擒，萬一司馬懿闖進空城去呢！

風景的描寫也可應用上述的道理。人物的形容和風景的描寫都不應是點綴。沒有必要，不寫；話很多，找最要緊的寫，少寫。

這樣，即使我們還不能把短篇小說寫好，可也不會一寫就寫成長的短篇小說，廢話太多的短篇小說了。

以上，是我這兩天想起來的話，也許對，也許不對；前面不是說過嗎，我不大會寫短篇小說呀。

談簡練——答友書

多謝來信！

您問文字如何寫得簡潔有力，這是個相當重要的問題。遠古至今，中國文學一向以精約見勝。「韓潮蘇海」是指文章氣勢而言，二家文字並不泛濫成災。從漢語本質上看，它也是言短而意長的，每每凌空遣字，求弦外之音。這個特質在漢語詩歌中更為明顯。五言與七言詩中的一聯，雖只用了十個字或十四個字，卻能繪成一段最美麗的圖景或道出極其深刻而複雜的感情，既簡潔又有力。

從心理上說，一個知識豐富，經驗豐富的人，口講問題或發為文章，總願意一語道破，說到事物的根兒上，解決問題。反之，一個對事物僅略知一二的人，就很容易屢屢「然而」，時時「所以」，敷衍成篇，以多為勝。是的，心中沒有底者往往喜歡多說。胸有成竹者必對竹有全面的認識，故能落墨不多，而雨態風姿，各得其妙。

知道的多才會有所取捨，找到重點。只知道那麼一點，便難割愛，只好全盤托出，而且也許故意虛張聲勢，添上些不必要的閒言廢語，以便在字數上顯出下筆萬言。

這麼看來，文字簡練與否不完全是文字技巧的問題。言之有物極為重要。毛主席告訴我們：多、快、好、省地建設社會主義。看，「多快好省」有多麼現成，多麼簡單，又多麼有力！的確有力：照這四字而行，六億多人民便能及早地脫離貧困，幸福日增。背這四字而行，那就拖拖拉拉，難以躍進。這四個字是每個人都能懂的，也就成為六億多人民建設社會主義的共同語言。可是，這四個字不會是毛主席隨便想起來的。隨便想起來的字恐怕不會有頂天立地的力量。這四個字是毛主席洞察全局，剖析萬象的結果。它們不僅是四個字，而是六億多人民社會主義建設的四條架海金梁。

對了，文字本身沒有什麼頭等二等的分別，全看我們如何調遣它們。我們心裡要先有值得說的東西，而後下功夫找到適當的文字，文字便有了力量。反之，只在文字上探寶尋金，而心中空空洞洞，那就容易寫出「夫天地者宇宙之乾坤」一類的妙句來，雖然字皆涉及星際，聲音也頗響亮，可是什麼也沒說出，道的廢話。

您可以完全放心，我並沒有輕看學習文字的意思。我的職業與文字運用是分不得家的呀。我還願意告訴您點實話，您的詩文似乎只是詞彙的堆砌，既乏生活經驗，又無深刻的思想。請您不要難堪，我也是那樣。在解放前，我總以為文學作品不過是耍耍字眼的玩藝兒，不必管內容如何，或有無內容。假若必須找出原諒自己的理由，我當然也會說：國民黨統治時期，一不興工，二不獎農，建設全無，國家空虛，所以我的文章也只好空空如也，反映空虛時代。後來，我讀到了毛主席〈在延安文藝座談會上的講話〉，同時也看到了革命現實與新的文學作品。我看出來，文風變了。作品差不多都是言之有物，力避空洞的。這是極好的轉變。這些結實的作品是與革命現實密切地結合在一起，的確寫出了時代的精神面貌。我的以耍字眼為創作能事的看法，沒法子再站得住了。

可是，那些作品在文字上不一定都純美無疵。這的確是個缺點。不過，無論怎麼說，我們也不該只從文字上挑毛病，而否定了新作品的價值。言之無文，行之不遠，是的。可是言之無物，儘管筆墨漂亮，也不過是虛有其表，繡花枕頭。兩相比較，我倒寧願寫出文筆稍差，而內容結結實實的作品。可惜，我寫不出這樣的作品！生活經驗不是一天就能積累夠了的，對革命的認識也不能一覺醒來，豁然貫通。於是，我就力求速成，想找個偏方兒來救急。

這個偏方兒跟您得到的一個樣。我們都熱愛新社會，時刻想用我們的筆墨去歌頌。

可是我們又沒有足夠的實際體驗幫助我們，於是就蒐集了一堆流行的詞彙，用以表達我們的熱情。結果呢，您放了許多熱氣，我也放了許多熱氣，可都沒能成為氣候。這個偏方不靈，因為它的主藥還是文字，以我來說，不過是把詩云子曰改上些新字眼而已。

您比我年輕的多。我該多從生活中去學習，您更須如是。假若咱們倆只死死地抓住文字，而不顧其他，咱們就永遠戴不上革命文學的桂冠。您看，十年來我不算不辛苦，天天要動動筆。我的文字可能在某些地方比您的稍好，可是我沒寫出一部傑出的作品來。這難道不值得咱們去深思麼？

您也許問：是不是我們的文學作品應該永遠是內容豐富而缺乏文字技巧之美的呢？一定不是！我們的文學是日益發展的，不會停滯不前。我們不要華而不實的作品，也不滿足於缺乏詞藻的作品。文情並茂，內明外潤的作品才足以與我們的時代相映生輝。我們需要傑作，而傑作既不專靠文字支持，也不允許文字拙劣。

談到這裡，我們就可以講講文字問題而不至於出毛病了，因為前面已交代清楚：片面地強調文字的重要是有把文學作品變成八股文的危險的。

欲求文字簡潔有力必須言之有物，前邊已經說過，不再重複。可是，有的人知道的事情很多，而不會說得乾淨俐落，甚至於說不出什麼道理來。這是怎麼一回事呢？我想，這恐怕是因為他只記錄事實，而沒去考慮問題。一個作家應當同時也是思想家。他博聞廣見，而且能夠提出問題來。即使他不能解決問題，他也會養成思想集中，深思默慮的習慣，從而提出具體的意見來。這可以叫做思想上的言之有物。思想不精闢，無從寫出簡潔有力的文字。

在這裡，您很容易難倒我，假若您問我是個思想家不是。我不是！正因為我不是思想家，所以我說不出格言式的名言至論來。不錯，有時候我能夠寫出相當簡潔的文字，可是其中並沒有哲理的寶氣珠光。請您相信我吧，就是我那缺乏哲理而相當簡潔的字句也還是費過一番思索才寫出來的。

在思想之外，文學的語言還需要感情。沒有感情，語言無從有力。您也許會說：這好辦！誰沒有感情呢？

事情恰好不那麼簡單，您看，「鞠躬盡瘁、死而後已」是一種感情；「與世浮沉，吊兒郎當」也是一種感情。前者崇高，照耀千古；後者無聊，輕視一切。我們應有哪種感情呢？我沒有研究過心理學，說不清思想和感情從何處分界。照我的粗淺的想法來說，恐怕這二者並不對立，而是緊密相依的。我們對社會主義有了一些認識，所以才會愛它，認識的越多，也就越發愛它。這樣看來，我們的感情也似乎應當培養，使它越來越崇高。您應當從精神上，工作上，時時刻刻表現出您是個社會主義建設者。這樣，您想的是社會主義，作的是社會主義建設工作，身心一致，不尚空談，您的革命感情就會愈加深厚，您的文字也就有了真的感情，不再仗著一些好聽的字眼兒支持您的創作。生活、思想、感情是文字的養料。沒有這些養料，不管在文字上用多少工夫，文字也還要害貧血病。

當然，在文字上我們也要下一番苦工夫。我沒有什麼竅門與祕方贈獻給您，叫您馬上作到文字簡潔有力，一字千金。我只能提些意見，供您參考。

您的文字，恕我直言，看起來很費力。某些含有深刻思想的文字，的確須用心閱讀，甚至讀幾遍才能明白。您的文字並不屬於這一種。您貪用形容字，以至形容得太多了，使人很難得到個完整鮮明的形象。這使人著急。我建議：能夠直接說出來的地方，不必去形容；到了非形容不可的地方，要努力找到生動有力的形容字。這樣，就有彩有素，簡潔有力了。形容得多而不恰當，易令人生厭。形容字一多，句子就會冗長，讀起來費力。您試試看，設法把句子中的「的」字多去掉幾個，也許有些好處。

文字需要修改。簡潔的字句往往不是搖筆即來的。我自己有這麼一點經驗：已經寫了幾十句長的一段，我放下筆去想想。嗯，原來這幾十句是可以用兩三句話就說明白的。於是，我抹去這一大段，而代以剛想好的兩三句。這兩三句必定比較簡潔有力，因為原來那一段是我隨想隨寫下來的，我的思想好像沒滲入文字裡去；及至重新想過了，我就把幾十句的意思凝練成兩三句話，不但字句縮減很多，而且意思也更明確了。不多思索，文字不易簡潔。詳加思索，我們才知道準要說什麼，而且能夠說得簡潔有力。別嫌麻煩，要多修改——不，要重新寫過，寫好幾遍！有了這個習慣，日久天長，您就會一動筆便對準箭靶子的紅圈，不再亂射。您也會逐漸認識文字貴精不貴多的道理了。

欲求文字簡潔，須找到最合適的字與詞，這是當然的。不過在這之外，您還須注意字與字的關係，句與句的關係。名棋手每出一子必考慮全局。我們運用文字也要如此。這才能用字雖少，而管事甚多。文字互相呼應極為重要。因為「烽火『連』三月」，所以才「家書『抵』萬金」。這個「連」字說明了緊張的程度，因而「抵」字也就有了根據。「連」與「抵」相互呼應，就不言而喻，人們是多麼切盼家信，而家信又是如何不易來到。這就叫簡潔有力，字少而管的事很多。作詩用此法，寫散文也可以用此法。散文若能寫得字與字、句與句前後呼應，就可以言簡意賅，也就有了詩意。

信已夠長了，請您先在這三項事上留點心吧：不濫用修辭，不隨便形容；多想少說，由繁而簡；遣字如布棋，互為呼應。改日再談，今天就不再說別的了。

祝您健康！

老舍

別怕動筆

有不少初學寫作的人感到苦惱：寫不出來！

我的看法是：加緊學習，先別苦惱。

怎麼學習呢？我看哪，第一步頂好是心中有什麼就寫什麼，有多少就寫多少。

永遠不敢動筆，就永遠摸不著門兒。不敢下水，還學得會游泳麼？自己動了筆，再去讀書，或看刊物上登載的作品，就會明白一些寫作的方法了。只有自己動過筆，才會更深入地了解別人的作品，學會一些竅門。好吧，就再寫吧，還是有什麼寫什麼，有多少寫多少。又寫完了一篇或半篇，就再去閱讀別人的作品，也就得到更大的好處。

千萬別著急，別剛一拿筆就想發表不發表。先想發表，不是實事求是的辦法。假若有個人告訴我們：他剛下過兩次水，可是決定馬上去參加國際游泳比賽，我們會相信他能得勝而歸嗎？不會！我們必定這麼鼓舞他：你的志願很好，可是要拚命練習，不成功不拉倒。這樣，你會有朝一日去參加國際比賽的。我看，寫作也是這樣。誰肯下功夫學習，誰就會成功，可不能希望初次動筆就名揚天下。我說有什麼寫什麼，有多少寫多少，正是為了練習，假若我們忽略了這個練習過程，而想馬上去發表，那就不好辦了。是呀，只寫了半篇，再也寫不下去，可怎麼去發表呢？先不要為發表不發表著急，這麼著急會使我們灰心喪氣，不肯再學習。若是由學習觀點來看呢，寫了半篇就很不錯啊，在這以前，不是連半篇也寫不上來嗎？

不知道我說的對不對，我總以為初學寫作不宜先決定要寫五十萬字的一本小說或一部多幕劇。也許有人那麼幹過，而且的確一箭成功。但這究竟不是常見的事，我們不便自視過高，看不起基本練習。那個一箭成功的人，想必是文字已經寫得很通順，生活經驗也豐富，而且懂得一些小說或劇本的寫法。他下過苦功，可是山溝裡練把式，我們不知道。我們應當知道自己的底。我們的文字的基礎若還不十分好，生活經驗也還有限，又不曉得小說或劇本的技巧，我們頂好是有什麼寫什麼，有多少寫多少，為的是練習，給創作預備條件。

首先是要把文字寫通順了。我說的有什麼寫什麼，有多少寫多少，正是為逐漸充實我們的文字表達能力。還是那句話：不是為發表。想想看，我們若是有了想起什麼、看見什麼，和聽見什麼就寫得下來的能力，那該是多麼可喜的事啊！即使我們一輩子不寫一篇小說或一部劇本，可是我們的書信、報告、雜感等等，都能寫得簡練而生動，難道不是值得高興的事嗎？

當然，到了我們的文字能夠得心應手的時候，我們就可以試寫小說或劇本了。文學的工具是語言文字呀。

這可不是說：文學創作專靠文字，用不著別的東西。不是這樣！政治思想、生活經驗、文學修養……都是要緊的。我們不應只管文字，不顧其他。我在前面說的有什麼寫什麼，和有多少就寫多少，是指文字學習而言。這樣能夠叫我們勇於拿起筆來，不怕困難。在與動筆桿的同時，我們應當努力於政治學習，熱情地參加各種活動，豐富生活經驗，還要看戲，看電影，看文學作品。這樣雙管齊下，既常動筆，又關心政治與生活，我們的文字與思想就會得到進步，生活經驗也逐漸豐富起來。我們就會既有值得寫的資料，又有會寫的本事了。

要學習寫作，須先摸摸自己的底。自己的文字若還很差，就請按照我的建議去試試——有什麼寫什麼，有多少寫多少。同時，連寫封家信或記點日記，都鄭重其事地去幹，當作練習寫作的一種日課。文字的學習應當是隨時隨地的，不專限於寫文章的時候。一個會寫小說的當然也會寫信，而一封出色的信也是文學作品——好的日記也是！

文字有了點根底，可還是寫不出文章來，又怎麼辦呢？應當去看看，自己想寫的是什麼，是小說，還是劇本？假若是小說或劇本，那就難怪寫不出來。首先是：我們往往覺得自己的某些生活經驗足夠寫一篇小說或一部三幕劇的。事實上，那點經驗並不夠支持這麼一篇作品的。我們的那些生活經驗在我們心中的時候彷彿是好大一堆，可以用之不竭。及至把它寫在紙上的時候就並不是那麼一大堆了，因為寫在紙上的必是最值得寫下來的，無關重要的都用不上，就好像一個大筍，看起來很粗很長，及至把外邊的吃不得的皮子都剝去，就只剩下不大的一塊了。我們沒法子用這點筍炒出一大盤子菜來！

這樣，假若我們一下手就先把那點生活經驗記下來，寫一千字也好，二千字也好，我們倒能得到好處。一來是，我們會由此體會出來，原來值得寫在紙上的並不像我們想像的那麼多，我們的生活經驗還並不豐富。假若我們要寫長篇的東西，就必須去積累更多的經驗，以便選擇。對了，寫下來的事情必是經過選擇的；隨便把雞毛蒜皮都寫下來，不能成為文學作品。即須經過選擇，那麼用不著說，我們的生活經驗越多，才越便於選擇。是呀，手裡只有一個蘋果，怎麼去選擇呢？

二來是，用所謂的一大堆生活經驗而寫成的一千或二千字，可能是很好的一篇文章。這就使我們有了信心，敢再去拿起筆來。反之，我們非用那所謂的一大堆生活經驗去寫長篇小說或劇本不可，我們就可能始終不能成篇交卷，因而灰心喪氣，不敢再寫。不要貪大！能把小的寫好，才有把大的寫好的希望。況且，文章的好壞，不決定於字數的多少。一首千錘百鍊的民歌，雖然只有四句或八句，也可以傳誦全國。

還有：即使我們的那一段生活經驗的確結結實實，只要寫下來便是好東西，也還會碰到困難——寫得乾巴巴的，沒有味道。這是怎麼一回事呢？我看大概是這樣：我們只知道這幾個人，這一些事，而不知道更多的人與事，所以沒法子運用更多的人與事來豐富那幾個人與那一些事。是呀，一本小說或一本戲劇就是一個小世界，只有我們知道的真多，我們才能隨時地寫人、寫事、寫景、寫對話，都活潑生動，寫晴天就使讀者感到天朗氣清，心情舒暢，寫一棵花就使人聞到了香味！我們必須深入生活，不斷動筆！我們不妨今天描寫一棵花，明天又試驗描寫一個人，今天記述一段事，明天試寫一首抒情詩，去充實表達能力。生活越豐富，心裡越寬綽；寫的越勤，就會有得心應手的那麼一天。是的，得下些功夫，把根底打好。別著急，別先考慮發表不發表。誰肯用功，誰就會寫文章。

這麼說，不就很難做到寫作的躍進嗎？不是！寫作的躍進也和別種工作的躍進一樣，必須下工夫，勤學苦練。不能把勤學苦練放在一邊，而去空談躍進。看吧，原本不敢動筆，現在拿起筆來了，這還不是躍進的勁頭嗎？然後，寫不出大的，就寫小的；寫不好詩，就寫散文；這樣高高興興地，不圖名不圖利地往下幹，一定會有成功那一天。難道這還不是躍進麼？好吧，讓咱們都興高采烈地幹吧！放開膽子，先有什麼寫什麼，有多少寫多少，咱們就會逐漸提高，寫出像樣子的東西來。不怕動筆，筆就會聽咱們的話，不是嗎？

談讀書

我有個很大的毛病：讀書不求甚解。

從前看過的書，十之八九都不記得；我每每歸過於記憶力不強，其實是因為閱讀時馬馬虎虎，自然隨看隨忘。這叫我吃了虧——光翻動了書頁，而沒吸收到應得的營養，好似把好食品用涼水衝下去，沒有細細咀嚼。因此，有人問我讀過某部好書沒有，我雖讀過，也不敢點頭，怕人家追問下去，無辭以答。這是個毛病，應當矯正！丟臉倒是小事，白費了時光實在可惜！

矯正之法有二：一曰隨讀隨作筆記。這不僅大有助於記憶，而且是自己考試自己，看看到底有何心得。我曾這麼辦過，確有好處。不管自己的了解正確與否，意見成熟與否，反正寫過筆記必得到較深的印象。及至日子長了，讀書多了，再翻翻舊筆記看一看，就能發現昔非而今是，看法不同，有了進步。可惜，我沒有堅持下去，所以有許多讀過的著作都忘得一乾二淨。既然忘掉，當然說不上什麼心得與收穫，浪費了時間！

第二個辦法是：讀了一本文藝作品，或同一作家的幾本作品，最好找些有關於這些作品的研究、評論等著述來讀。也應讀一讀這個作家的傳記。這實在有好處。這會使我們把文藝作品和文藝理論結合起來，把作品與作家結合起來，引起研究興趣，儘管我們並不想做專家。有了這點興趣，用不著說，會使我們對那些作品與那個作家得到更深刻的了解，吸取更多的營養。孤立地讀一本作品，我們多半是憑個人的喜惡去評斷，自己所喜則捧入雲霄，自己所惡則棄如糞土。事實上，這未必正確。及至讀了有關這本作品的一些著述，我們就會發現自己的錯誤。這並不是說我們應該採取人云亦云的態度，不便自作主張。不是的。這是說，我們看了別人的意見，會重新去想一想。這麼再想一想便大有好處。至少它會使我們不完全憑感情去判斷，減少了偏見。去掉偏見，我們才能夠吸取營養，扔掉糟粕——個人感情上所喜愛的那些未必不正是糟粕。

在我年輕的時候，我極喜讀英國大小說家狄更斯的作品，愛不釋手。我初習寫作，也有些效仿他。他的偉大究竟在哪裡？我不知道。我只學來些耍字眼兒，故意逗笑等等「竅門」，揚揚得意。後來，讀了些狄更斯研究之類的著作，我才曉得原來我所摹擬的正是那個大作家的短處。他之所以不朽並不在乎他會故意逗笑——假若他能夠控制自己，減少些繞著彎子逗笑兒，他會更偉大！特別使我高興的是近幾年來看到些以馬克思主義文藝觀點寫成的評論。這些評論是以科學的分析方法把狄更斯和別的名家安放在文學史中最合適的地位，既說明他們的所以偉大，也指出他們的局限與缺點。他們仍然是些了不起的巨人，但不再是完美無缺的神像。這使我不再迷信，多麼好啊！是的，有關於大作家的著作有很多，我們讀不過來，其中某些舊作讀了也不見得有好處。讀那些新的吧。

真的，假若（還暫以狄更斯為例）我們選讀了他的兩三本代表作，又去讀一本或兩本他的傳記，又去讀幾篇近年來發表的對他的評論，我們對於他一定會得到些正確的了解，從而取精去粕地吸收營養。這樣，我們的學習便較比深入、細緻，逐漸豐富我們的文學修養。這當然需要時間，可是細嚼爛咽總比囫圇吞棗強得多。

此外，我想因地制宜，各處都成立幾個人的讀書小組，約定時間舉行座談，交換意見，必有好處。我們必須多讀書，可是工作又很忙，不易博覽群書。假若有讀書小組呢，就可以各將所得，告訴別人；或同讀一書，各抒己見；或一人讀《紅樓夢》，另一人讀《曹雪芹傳》，另一人讀《紅樓夢研究》，而後座談，獻寶取經。我想這該是個不錯的方法，何妨試試呢。

看寬一點

六七十年前，京劇三大須生（汪、孫、譚）鼎立，各有千秋。到了我上小學的時候，三大藝人俱入晚境，他們的歌腔卻仍膾炙人口，餘韻未歇。街頭巷尾，老少爭鳴，這裡高歌「過了一天又一天，心中好似滾油煎」（汪派的《文昭關》）；那裡力吼「小東人，闖下了，滔天大禍」（孫派的《教子》）；連婦女與小兒也時時詠嘆著「店主東，帶過了，黃驃馬」（譚派的《賣馬》）。稍後，則劉鴻升的《斬黃袍》、汪笑依的《馬前潑水》中的一部分戲詞，正如今日周信芳的《追韓信》、馬連良的《甘露寺》的某些部分，到處摹擬，力求逼肖。

曲藝中，特別是單弦與京韻大鼓，也有同樣的情況，而且由票友們寫出了大量的作品。

這個風氣，今天不但還存在，而且更加熱鬧了：京劇而外，工廠與農村裡也摹唱各種地方戲、各樣鼓詞，外加新的歌劇；百花齊放，各取所喜。

稍加留意，就聽得出來，大家所唱的都是戲曲與曲藝中的韻語。原來，戲曲與曲藝的唱詞是與詩歌分不開的。古代戲曲，除了一些俗語話白，都是精心撰製的詩詞。後來，產自民間的戲曲，雖然唱詞不能都達到詩的水平，卻仍力求節奏分明，合轍押韻。所以，我剛才用了「韻語」二字。這就是說：唱詞雖襲取了某些詩詞的格式，而在質量上未能珠光寶氣，都成為美妙的詩篇。是的，「店主東，帶過了，黃驃馬」是仗著譚腔傳世，並無多少詩意。有的唱詞，如「人來帶過馬走戰」等等，不但全乏詩意，而且欠通。這不能怪藝人。在舊時代裡，詩人騷客往往不屑於給民間的創作加工，而藝人教育程度又不都很高，於是東拼西湊，馬馬虎虎。有些唱詞本來通順，而藝人口傳心受，以訛傳訛，乃至越來越不像話。現在，各劇種都在表演時打字幕，有時唱腔本可博得彩聲，可是抬頭一看字幕，便悄然而止，頗為傷心。有些詞句的確欠通啊！這個毛病，甚至在新編的戲曲與曲藝節目中也未完全清除。

這是件值得我們注意的事。首先是：戲曲與曲藝是廣大人民所喜愛的。人民不但愛去聽它們，而且高興學會幾句，供自己消遣。雖然沒有統計過，我們卻可以相信，會哼幾句京劇或地方戲的一定要比愛朗誦詩歌的多著許多。從時間上說，「過了一天又一天」等等，已在我的耳朵裡響了五六十年！當時的那些騷人墨客萬沒想到，他們自己所寫的詩詞也許一句也沒傳下來，而「過了一天又一天」卻仍活在人的口中。他們若生在今天，我想他們會恍然大悟，會給戲曲與曲藝幫幫忙的。說到這裡，我就想起當今的詩人，好不好自告奮勇，伸伸手幫點忙呢？是自告奮勇，絕對不許勉強！我知道，有一些詩人已經幫過忙或正在幫忙，但是還很不夠。我們有四百多個劇種，而每一劇種又都有多少多少傳統劇目，且需寫新戲。即使我們所有的詩人都去幫忙，也還是不夠用。那麼，一位也不去幫忙，不更糟了麼？有的青年，請原諒我的嘴直，把詩的領域劃得太小了。他們以為只有新詩是詩，別的都不算數。事實上，戲曲與曲藝中雖然有不少不怎樣的韻語，可也的確有不少好的詩。有一天，一位工人同志聽完一段傳統的鼓詞，對我說：「這是詩呀！咱們為什麼不多寫這類的詩，既是詩，又能表演，多麼好啊！」對了，青年朋友們，這位同志說的有點意思，請想想吧！別從門縫裡看詩，把它看扁；詩的領域可覽的很咧！「小東人」、「店主東」等等還可以傳唱幾十年或幾百年，何況比它們更好的詞句呢？人民既喜唱「小東人」等，幹嘛不愛真正的詩句呢？若是人人都唱著一些字句美，腔調美，思想美的唱詞，不是更能陶冶性情，提高政治覺悟與文藝欣賞麼？還有，藝人們既能給「店主東」安上那麼好的腔兒，若遇到情文並茂的唱詞，他們怎能不更精心地安腔遣字，充分發揮創造的才能呢？

寫慣了新詩，忽然去寫戲曲或曲藝的唱詞，並不能馬上成功。須下一番工夫。學習什麼不要下苦功呢？下些工夫，既幫助了戲曲與曲藝的發展與提高，又無礙於寫新詩，只是添了些本事，有什麼壞處呢？要寫新詩就寫新詩，該寫戲曲或曲藝，也不推辭；雙管齊下，兩條腿走路，難道不好嗎？我們的戲曲與曲藝需要大家幫忙：傳統節目有待整理與加工，新的節目急須創作。設若總是沒有多少人會寫唱詞，提高唱詞，可怎麼辦呢？我不勸告任何一位新詩人放棄新詩，去專寫劇本或鼓詞。各人有各人的嗜愛與興趣，不可強同。我是說，來幫幫忙，學點新本領，誰也不會吃虧。我們曾經有過不少偉大的詩人，創作了不朽的詩劇。那麼，我們怎麼就不可以為戲曲與曲藝勞動勞動呢？假若透過我們的勞動，而人民都高歌著最美麗的唱詞，代替了「小東人，闖下了，滔天大禍」，不也很好嗎？戲曲與曲藝的唱詞本該是雅俗共賞的詩，與詩人大有關係。我們不應因看到一些俗俚欠通的老詞兒就鄙視戲曲與曲藝，老詞兒中也有很好的詩。我們應當學習那些好的，而給不好的去加工，並創作更好的新詞兒。雅俗共賞的唱詞並不容易寫，我們去學習學習，或者還有益於新詩的創作呢。把詩看寬一些，從而豐富我們的寫作本領，一定有益無損。

是的，雅俗共賞實在不容易做到。太雅，難免脫離群眾。太俗，又難於精練。俗而不通，固然是個毛病；雅而不通，就更莫名其妙，不知所云。雅與俗能夠很好地結合，詞達理暢，可真不容易。這值得我們學習。

我真希望詩人們把他們的熱情帶到戲曲與曲藝中來，給戲曲與曲藝以有力的支持，使它們得到新的血液，推陳出新，雅俗共賞，好一番崢嶸氣象！

多練基本功——對石景山鋼鐵公司初學寫作者的講話摘要

很高興和同志們見面。我來講話，是為互相學習。因為忙，沒來得及預備完整的講稿，想起什麼說什麼，意見未必正確，請同志們指正。

我覺得：練習基本功，對初學寫作者來說，是很重要的事，就拿這作為講題吧。

（一）**先練習寫一人一事**：有些人往往以寫小說、劇本等作為初步練習，我看這不大合適。似乎應該先練習寫一個人、一件事。有些人常常說：「我有一肚子故事，就是寫不出來！」這是怎麼回事呢？你若追問他：那些故事中的人都有什麼性格？有哪些特點？他就回答不上來了。他告訴你的盡是一些新聞，一些事情，而沒有什麼人物。我說，他並沒有一肚子故事。儘管他生活在工廠裡、農村裡，身邊有許多激動人心的新人新事，可是他沒有仔細觀察，人與事都從他的身邊溜走了；他只記下了一些破碎不全的事實。要想把小說、劇本等寫好，要先從練習寫一個完完整整的人、一件完完整整的事做起。你要仔細觀察身旁的老王或老李是什麼性格，有哪些特點，隨時注意，隨時記錄下來。

這樣的紀錄很重要，它能鍛鍊你的文字表達能力。不能熟練地駕馭文字，寫作時就不能得心應手。有些書法家年老目昏，也還能寫得很整齊漂亮。他們之所以能夠得心應手，就是因為他們天天練習，熟能生巧。如果不隨時注意觀察，隨時記下來，哪怕你走遍天下，還是什麼也記不真確、詳細，什麼東西也寫不出來。

剛才，我站在此地小坡上的小白樓前，看見工廠的夜景非常美麗；想來同志們都曾經站在那裡看過好多次了，你們就應該把它記下來。在這夜景裡，燈光是什麼樣子，近處如何，遠處如何，雨中如何，雪後如何，都仔細地觀察觀察，把它記在筆記本上。

要天天記，養成一種習慣。刮一陣風，你記下來；下一陣雨，你也記下來，因為不知道哪一天，你的作品裡就需要描寫一陣風或一陣雨，你如果沒有這種積累，就寫不豐富。經常生活，經常積累，養成觀察研究生活的習慣。習慣養成之後，雖不記，也能抓住要點了。這樣，日積月累，你肚子裡的東西就多了起來。寫作品不僅仗著臨時觀察，更需要隨時留心，隨時積累。

不要看輕這個工作，這不是一件容易事。一個人，有他的思想、感情、面貌、行動……，一件事物，有它的秩序、層次、始末……，能把它逼真地記下來並不容易。觀察事物必須從頭至尾，尋根追底，把他看全，找到他的「底」，因為做文章必須有頭有尾，一開頭就要想到它的「底」。不知全貌，不會概括。

有些年輕同志不注意這種基本功練習，一開始就寫小說、劇本；這種情況好比沒練習過騎車的人，就去參加騎車競賽。

（二）**把語言練習通順**：下功夫把語言寫通順了，也是基本功，也是很重要的基本功。它和戲曲演員練嗓子、翻跟斗一樣。演員不練嗓子，怎麼唱戲呢？武生不會翻跟斗，怎麼演武戲呢？文學創作也是一樣，語言不通順，不可能寫出好文章。有些人，確實有一肚子生動的人物和故事，他向人談講時，談得很熱鬧；可一寫出來，就不那麼動人了，這就是因為在語言方面缺乏訓練，沒有足夠的表達能力。

有些人專以寫小說、寫劇本練習文字，這不妥當，文字要從多方面來練習，記日記，寫筆記，寫信……都是鍛鍊文字的機會；哪怕寫一個便條，都應該一字不苟。

寫文章，用一字、造一句，都要仔細推敲。寫完一句，要看看全句站得住否，每個字都用得恰當與否，是不是換上哪一個字，意思就更明顯，聲音就更響亮，應知一個字要起一個字的作用，就像下棋使棋子那樣。一句，一段寫完之後，要看看前後呼應嗎，聯貫嗎？字與字之間，句與句之間，段與段之間，都必須前後呼應，互相關聯。慢慢地，你就學會更多的技巧，能夠若斷若續，有波瀾，有起伏，讀起來通暢而又有曲折。寫小說的人，也不妨練習寫寫詩；寫寫詩，文字就可以更加精練，因為詩的語言必須很精練，一句要表達好幾句的意思。文章寫完之後，可以唸給別人聽聽。唸一唸，哪些不恰當的字句，不順口的地方，就都顯露出來了，才可以一一修改。文章叫人唸著舒服順口，要花很多心思和功夫。有人看我的文章明白易解，也許覺得我寫時很輕鬆，其實不然。從哪兒開頭，在哪兒收束，我要想多少遍。有時，開了許多頭都覺得不合適，費了不少稿紙。

字的本身沒有好或壞，要看用在什麼地方。用得恰當，就生動有力。

文字要寫得簡練。什麼叫做簡練呢？簡練就是話說得少，而意思包含得多。舉一兩句做例：「小樓一夜聽春雨，深巷明朝賣杏花。」只不過十四個字，可是包含多少情和景呀！

簡練須要概括，須要多知多懂。知道一百個人，而寫一個人；知道一百件事，而寫一件事，才能寫得簡練。心有餘力，有所選擇，才能簡練。譬如歌劇演員，他若扯著嗓子喊叫，就不好聽；他必須天天練嗓子，練得運用自如，遊刃有餘，就好聽了。

我建議大家多多練習基本功，哪怕再忙，每天也要擠出點時間寫幾百個字。要知道，練基本功的功夫，應該比創作的功夫多許多許多倍！

多練基本功—對石景山鋼鐵公司初學寫作者的講話摘要

勤有功

《戲劇報》編輯部囑談十年來寫劇經驗。這不容易談。經驗有好有壞。我的經驗好的很少，壞的很多，十年來並沒寫出過優秀的作品即是明證。

現在談談我那很少很少的好經驗。至於那些壞經驗，當另文述之。

（一）我寫的不好，但寫的很勤。勤是好習慣。十年來，我發表的作品比我寫的少；我扔掉過好幾部劇本。我認為在學習過程中，出廢品是很難免的。但是，廢品也是花了些心血寫出來的。所以，出廢品並不完全是壞事。失敗一次，即長一番經驗。我發表過的那些劇本中，從今天看起來，還有應該扔掉的，我很後悔當初沒下狠心扔掉了它們。勤是必要的，但勤也還不能保證不出廢品。我們應該勤了更勤。若不能勤，即連廢品也寫不出，雖然省事，但亦難以積累經驗，定要吃虧。

勤於習作，就必然勤於觀察，對新人新事經常關心。因此，這一本寫失敗了，即去另寫一本。新事物是取之不竭的，何必一棵樹吊死人？

即使是廢品，其中也會有一二可取之處。不知何時，這一二可取之處還會有用，功夫沒有完全白費。

一個人有一個人的工作方法。有的人須花費很多時間，才能寫成一部劇本的初稿，而後又用很長時間去修改、加工。曹禺同志便是這樣。他大約須用二年的時間寫成一部作品。他寫的很好。我性急，難取此法。我恨不能同時寫三部作品，好的留著，壞的扔了。

對於已經成名的劇作家，我看曹禺同志的辦法好（雖然我自己學不了他），不慌不忙地寫，極其細緻地加工，寫出一本是一本，質量不致太差。我的勇於落筆，不怕扔掉的辦法可能有益於初習寫劇的人。每見青年劇作者，抱定一部劇稿，死不放手，改來改去，始終難以成功。於是力竭氣衰，灰心喪膽。這樣，也許就消沉下去，不敢再動筆。假若他敢寫敢扔，這部不行，就去另寫一部，或者倒會生氣勃勃，再接再厲。既要學習，就該勤苦。一戰成功的願望一遭到失敗，即往往一蹶不起。我們要受得住失敗，屢敗屢戰。在我們寫的多了之後，有勝有敗，經驗豐富了，再去學曹禺同志的辦法似較妥當。

只有勤於動筆，才逐漸明白自己的長處與短處，得到提高。有的青年劇作者，在發表了一部相當好的作品之後，即長期歇筆。他還非常喜愛戲劇，而且隨時收集寫作資料。可是，資料積蓄了不少，只談而不寫，只慮而不作。要知道，筆墨不落在紙上，誰也不知道資料到底應當如何處理，如何找戲。跟別人談論，大有好處。但是歸根結蒂還是要自己動手去寫才能知其究竟。熟才能生巧。寫過一遍，儘管不像樣子，也會帶來不少好處。不斷地寫作才會逐漸摸到文藝創作的底。字紙簍子是我的密友，常往它裡面扔棄廢稿，一定會有成功的那一天。

「業精於勤」，信非虛語。

(二)我沒有創造出典型的人物，可是我總把人物放在心上。我不大會安排情節，這是我的很大的缺點。我可是向來沒有忽略過人物，儘管我筆下的人物並不都突出。

如何創造人物？人各一詞，難求總結。從我的經驗來看，首先是作者關心人。「目中無人」，雖有情節，亦難臻上乘。我不能說我徹底熟悉曾經描繪過的人物，但是，只要我遇到一個可喜的人物，我就那麼熱愛他(或她)，總設法把他寫得比本人更可喜可愛，連他的缺點也是可愛的。作者對人物有深厚的感情，人物就會精神飽滿，氣象堂堂。對於可憎的人物，我也由他的可憎之處，找出他自己生活得也怪有滋味的理由，以使使他振振有詞，並不覺得自己討厭該死。

我並不照抄人物，而是抓住人物的可愛或可憎之點，從新塑造，這就使想像得到活動的機會。我心中有了整個的一個人，才動筆寫他。這樣，他的舉止言談才會表裡一致，不會自相矛盾。有時候，我的一齣戲裡用了許多角色，而大體上還都有個性格，其原因在此。大的小的人物都先在我心裡成了形，所以不管他們有很多還是很少的臺詞，他們便一張嘴就差不多，雖三言兩語也足以表現他們的性格。

觀察人物要隨時隨地、經常留心的。觀察的多了，即能把本來毫不相干的人們拉到一齣戲裡，形形色色，不至於單調。婦女商店裡並沒有八十歲的賣茶翁，也沒有舉人的女兒。我若為寫《女店員》而只去參觀婦女商店，那麼我就只能看見許多年輕的女售貨員。不，平日我也注意到街上的賣茶老翁，和鄰居某大娘。把這老翁與大娘同女售貨員們拉上關係，人物就多起來，顯著熱鬧。臨時去觀察一個人總不如隨時注意一切的人更為重要。自己心裡沒有一個小的人海，創作起來就感到困難。

(三) 有人說我的劇中對話寫的還不壞，我不敢這麼承認。我只是在寫對話上用了點心而已。首先是：我要求對話要隨人而發，恰合身分。我力求人物不為我說話，而我為人物說話。這樣，聽眾或者得以因話知人，看到人物的性格。我不怕寫招笑的廢話，假若說話的是個幽默的人。反之，我心目中的人本極嚴肅，而我使他忽然開起玩笑來，便是罪過！

其次，我要求話裡有話，稍有含蓄。因此，有時候我只寫了幾句簡單的話，而希望導演與演員把那未盡之意用神情或動作補足了。這使導演與演員時常感到不好辦。可是，他們的確有時候想出好辦法，能夠不增加詞句而把作者的企圖圓滿地傳達出來。這就叫聽眾聽出弦外之音，更有意思。

我用的是普通話，沒有什麼奇文怪字。可是，我總想用普通話寫出一些詩意來，比普通話多著一些東西，高出一塊來。我未能句句都這麼做到，但是我所做到了的那些就叫人聽著有點滋味——既是大白話，又不大像日常習用的大白話。是不是這可以叫做加過工的大白話呢？若是可以，我就願再多說幾句：人物講話必與理智、感情、性格三者相連繫。從這三者去思索，我們就會找到適當的話語，適當的話語不至於空泛無力。找到適當的話語之後，還應再去加工，希望它由適當而精彩。這樣，雖然是大白話，可是不至於老老實實地爬行了。它能一針見血，打動人心。說真的，假若話劇中的對話與日常生活中的語言毫無分別，絮絮叨叨，囉哩囉嗦，誰還去聽話劇呢？

我沒有寫詩劇的打算。可是，我總想話劇中的對話應有詩的成分。這並不是說應當拋棄了現成的語言，而句句都是青山綠水，柳暗花明。不是的。我所謂的詩，是用現成的白話，經過加工，表達出人格之美、生活之美，與革命鬥爭的壯麗。泛泛的詞句一定負不起這個責任。

我所要的語言不是由草擬得來的。我們應當自樹風格。曾見青年劇作者摹仿一位四川的老作家的文字，四川人口中的「哪」、「啦」不分，所以這位老作家總是把「天哪」寫成「天啦」。那位青年呢，是北方人，而也「天啦」起來。這個例子說明有的人是從書本上學習語言的。不錯，書本上的語言的確應當學習，但是自己的文字風格絕對不能由摹仿得來。我要求自己連一個虛字也不隨便使用，必然幾經揣摩，口中唸唸有詞，才決定是用「呢」，還是用「啦」。儘管這樣，我還時常寫出拙笨的句子，既不順口，也不悅耳。我還須多多用功。

只說這三點吧，我的那些缺點即暫不談，留作另一篇小文的材料。

青年作家應有的修養——在全國青年文學創作者會議上的發言

培養作家隊伍的新生力量是我們今天迫不及待的要事。前幾天，茅盾同志已在中國作家協會理事會上作了有關這個重大問題的報告。在這裡，我不想重複他的懇切的詳盡的指示。我只說些關於青年作家本身的問題。

我從事文藝寫作已有三十年。不管成就如何，我的確知道些作家的甘苦。經驗告訴我，文藝創作的確是極其艱苦的工作。好吧，就讓我們以此為題，開始我們的報告吧：一勤學苦練，始終不懈文藝創作也和別種工作一樣，是要全力以赴，幹一輩子的，活到老學到老的。不過，致力於別種工作的也許學到了一定年限，就能掌握技術，成為專家；從事文藝創作的可不一定能夠這樣順利。文藝創作並沒有一成不變的方法。作家的生活又各有不同。這就使《小說作法》和《話劇入門》等等往往不起作用，使閱讀它們的人大失所望。它們也許精闢地說明了何謂結構，什麼叫風格，但是它們無法使人明白什麼叫創造，怎麼創造，和認識人生。作家必須自己去深入生活，去認識人們的精神面貌，從而創造出有血有肉有靈魂的人物來。作家必須讀書，但是他還必須苦讀那本未曾編輯過的活書——人生。他所要描繪的對象是人，他所要教育的對象也是人，所以他一旦成功，才被稱為人類靈魂的工程師。這樣的工程師的學習過程與創作過程一定非常艱苦是可想而知的。那麼，假若有人以寫作為敲門磚，以期輕而易舉，名利雙收，那就只是實踐資產階級的思想，與人民的文藝創作事業必然風馬牛不相及。

在文學史中，一本書的作家的例子並不難找到。他們之中有的只寫了那麼一本著作，有的寫了並不少，可是好的只有一本。而且，這本好書也許是那本處女作，他們後來所寫的那些，沒有一本能夠超過最初的水平的。這原因何在呢？

我想談談這一點，因為我知道，在青年文藝作者之中已經有這樣的事實：第一篇寫得很不錯，可是第二篇第三篇就每況愈下了。也有的人在發表了一兩篇作品以後，就停筆不再寫。這是非常可惜的事。想想看，一個青年在語言文字上，在生活上，都有了足以寫成一篇作品的基礎，為什麼不繼續努力前進，而甘於越寫越不好，或竟自退伍了呢？

在這裡，我們必須強調：從事文藝創作必須勤學苦練，始終不懈。同時，我們也必須尖銳地指出：驕傲自滿就是勤學苦練、始終不懈的死敵。一本書（或即使只是一篇短文）的作者已經有了很好的工作開端，為什麼把開端變作結束呢？當然，一本真正優秀的作品的確是個有價值的貢獻，儘管一生只寫過這麼一本，功績也無可抹殺。但是，作家自己卻不該因此而抱定「一本書主義」，沾沾自喜。古今許多偉大的作家是著作等身，死而後已的。他們不止喜愛文藝，而是拿創作當作一種神聖的使命，終身的事業。所以我們也該向他們看齊，寫了一篇好作品，就該更嚴格地要求自己，再寫，寫得更好；不該適可而止，在已得到的榮譽裡隱藏起自己來。

況且，一本書的作家的那一本書未必是優秀的作品呢。這就更不該引以自滿，堵住自己前進的路徑。我的確知道，青年們看見自己的作品在報紙或刊物上發表出來是多麼興奮的事。可是，這應該是投入文藝創作事業的開始，而不該是驕傲自滿的開端。驕傲自滿是作家們、特別是青年作家們，最容易犯的毛病。這個毛病不加克服，任其發展，會是文藝事業的致命傷。

驕傲自滿若任其發展，便會產生狂妄無知。這就成了道德品質的問題了。「文人無行」這句相傳已久的譴責，到今天還沒被我們洗刷乾淨，而文人之所以無行，或者主要地發端於驕傲自滿，因為驕傲自滿會發展到目空一切，無所不為的。在歷史上，在目前，我們都能找出這樣的實例來。這是多麼可怕呢！這不但可能結束了一個作家的文藝生活，而且可能毀滅了作家自己的生命。同志們，驕傲自滿是我們的一座可怕的陷阱；而且，這個陷阱是我們自己親手挖掘的。

後寫的作品比不上第一篇的原因，我的確知道，並不都因為驕傲自滿。我知道：第一篇是集中所有的精力與生活經驗寫出來的，所以值得發表而被發表了。第一篇作品發表以後，約稿者聞名而至，紛紛邀請撰稿。於是，作者的準備時間既不充足，生活經驗也欠充實，而勉強成篇，無暇多改，所以第二篇就不如第一篇好。即使勇於改正，屢屢加工，怎奈內容原欠充實，先天不足，改來改去也終無大用。我自己就犯過，而且還在犯這個毛病。我們必須更加嚴肅，不要以為第一篇既已成功，第二篇就可以一揮而就，於是對約稿者有求必應，來者不拒。不，不該這樣。我們必須更嚴肅認真，不輕易答應約稿者的要求。我們須看清楚，一篇作品的成功並不能保證第二篇也照樣美好。順便地說，約稿者也該更嚴肅些，不要為誇示拉稿的能力而把新作家搞垮。為鼓舞青年們創作，我們應當以量求質，不宜要求太嚴。但是由青年作家自己來說，文藝的增產似乎不應包括「降低成本」。不，我們應該要求自己每篇作品都不惜工本，保證質量。一般地來說，老作家或者比青年作家更容易犯有求必應、隨便發表作品的毛病，犯這個毛病最多的就是我自己。我指出這個毛病，為是我們互相批評勸勉，一齊提高質量。

那麼，是不是寫了一篇就矜持起來，不再寫了呢？也不是。我們的筆是我們的武器。武器永遠不該離手。我們必須經常練習。練習與發表是兩回事。什麼體裁都該練習，但不必篇篇發表。保持這個態度，我們就會避免粗製濫造，又足以養成良好的勞動紀律。我們的勞動紀律既要嚴格，發表作品的態度又要嚴肅。我想，這是我們每個作家應有的修養。這樣堅持多少年，以至終生，我們是會有很好的成績的：即使我們還不能成為偉大的作家，至少我們會作個勤勞端正的、具有社會主義道德品質的文藝戰士。

我們必須勤學苦練，堅持不懈。我們必須戒驕戒躁，克服自滿。我們的修養不僅在有淵博的文藝知識，它也包括端好的道德品質。我們堅決反對「文人無行」！

二多學多練，逐步提高在我十多歲的時候，我學過寫舊體詩。在那時期，我寫過許多首五言詩和七言詩。可是，至今我還沒有成為詩人。那些功夫豈不是白費了麼？不是！我雖然到如今還沒寫好舊詩，可是那些平仄、韻律的練習卻使我寫散文的時候得到好處，使我寫通俗韻文的時候得到好處。它使我的散文寫得相當緊練。我每每把舊詩的逐字推敲和平仄相襯的方法運用到散文裡去。通俗韻文是與舊體詩有血統關係的，因而我寫的通俗韻文在文字上還大致合乎格律。

上邊舉的例子說明一個事實：在寫作技巧上，我們應當孜孜不息地學習。掌握的技巧越多種多樣，我們的筆才越得心應手。我們不一定每個人都成為全能的作家，作到「文武昆亂不擋」。但是各種體裁的練習是對我們很有益處的。詩的語言比散文的更精練，更有創造性。那麼，練習寫詩必能有利於寫散文。戲劇需要最精密的結構和精彩的對話；那麼，練習編劇必有利於寫小說。就是練習舊體詩詞，也不無好處。習作不一定能成為作品，但為習作所花費的時間並非浪費。多學多練不會叫我們吃虧。

這可並不是說我們應當見異思遷，看哪門發財就換到哪門去。我們長於寫小說就寫小說，不要看戲劇發財就改寫劇本。發財致富與投機取巧的思想與我們的事業實在無法結合在一起，也不該結合在一起。我們要學的多，寫的專。學的多了，十八般武藝件件都通了，我們的確可以既寫小說，也寫劇本；既寫詩歌，也寫童話。多才多藝是我們應有的願望。這個望願的實現仗著多學多練，下苦工夫。以名利觀點去決定體裁的選擇，結果是名不必成，利不必至，反會遭受失敗。

在資本主義國家裡，文藝事業是商業化了的。作品介紹所和書店編輯會告訴作家，什麼題材與形式最有市場。於是，刊物上的文藝作品在一個時期內都寫同一事物。假若《我與雞蛋》這本小說有了很大的銷路，接踵而起的便是《我與鴨蛋》、《我與鵝蛋》……。這種輾轉摹仿，目的完全在營利。這就葬送了文藝。

根據調查，我們的青年文藝愛好者也往往把別人的一篇好作品當作藍本，照貓畫虎地進行寫作。這是摹仿。用彩紙剪成的花朵，不管色彩怎樣鮮豔，總不會有生命。摹仿的作品也是這樣。在開始學習寫作的時候，摹仿或者是不可免的，而且是不無好處的。可是，這只是習作的一個過程，正像我們幼年練習寫字先描紅模子那樣。我們不該把這種習作看成作品。作品必須是個人自己的創作。因為青年們的寫作經驗還欠豐富，我們對他們的作品不應求全責備，但是我們也看得出，越敢大膽創造的青年作家才越有出息。一個青年作家的出現須帶來一些清新的氣息。創作必須含有突破陳規、出奇制勝的企圖。在我面前的青年朋友們，在不同的程度上，的確都給文壇帶來一些清新的氣息，都多少寫出一些前所未有的新人新事，我祝賀你們的成功！和你們在一起，使我感到驕傲！朋友們，保持住這清新的氣息，繼續不斷地加強創造精神，你們的前途是無可限量的！

那麼，一鳴驚人理當是我們每個人應有的願望嘍。不過，一鳴驚人並不只仗著有此願望，而是仗著勤學苦練，多學多練。我們下多少工夫，便得多少成績。沒練習過游泳的而忽然成為全國選手，只能是作夢。我們若是一開始就想寫出一部《神曲》或《戰爭與和平》，一定會使自己失望。《神曲》差不多寫了一輩子！多少成名的作家，到了老年還修改他最初寫的作品，或把最初的作品從全集中刪去。我們多活一天，便多積累一些知識、技巧、思想和生活經驗。它們不能忽然一齊自天而降，使我們忽然豁然貫通，忽然一鳴驚人。「業精於勤」，始終不懈，逐步提高，才是可靠的辦法。創作是極其艱苦的工作。一鳴驚人的幻想是來自不要付出多少代價，就那麼輕而易舉地享了大名的虛榮心。

作品的價值並不決定於字數的多少。世界上有不少和《紅樓夢》一般長，或更長的作品，可是有幾部的價值和《紅樓夢》的相等呢？很少！顯然地，字數多只在計算稿費的時候占些便宜，而並不一定真有什麼藝術價值。杜甫和李白的短詩，字數很少，卻傳誦至今，公認為民族的珍寶。

我們首先應當考慮的不是字數的多少與篇幅的短長，而是怎樣把一篇作品寫好，不管它是一首短詩，還是一段相聲。一首短詩和一段相聲都是非常難以寫得好的。我們要求的是生活的和藝術的深度，不是面積。萬頃荒沙還不如良田五畝。我們的生活經驗也許不夠支持一部長篇小說的，但是就著我們所有的那一點生活經驗，我們的確能夠寫出具有深度的短詩或短篇小說。這在出席這次大會代表們的作品中已經證實了。生活經驗須慢慢積累，我們須按照各人的經驗限度量力而為，不該勉強鋪張，隨便敷衍。藝術提煉生活，而不是冗長地瑣碎地散漫地敘述生活。

我們要求寫出自己的風格來。這必須多寫、多讀。個人的風格，正如個人的生命，是逐漸成長起來的。在經常不斷的勞動中，我們才有希望創出自己的風格來。一曝十寒，必不會做到得心應手。文藝作品不是泛泛的、人云亦云的敘述，而是以作家自己的特殊風格去歌頌或批評。沒有個人的獨特風格，便沒有文藝作品所應有的光彩與力量。我們說的什麼，可能別人也知道；我們怎麼說，卻一定是自己獨有的。這獨立不倚的說法便是風格。透過這風格，讀者認識了作家，喜愛作家，看出作家處理人物與故事的藝術方法與嚴肅態度。

我們要用自己的風格去發揚民族風格。因此，我們必須學習古典文藝，繼承我們的優良傳統。所謂民族風格，主要地是表現在語言文字上。我們的語言文字之美是我們特有的，無可代替的。我們有責任保持並發揚這特有的語言之美；透過語言之美使人看到思想與感情之美。文藝繼續不斷地發展，但是前後承接，綿綿不已。它不會忽然完全離開傳統，另起爐灶。青年是勇敢的，所以往往以為文藝創作可以自我作古，平地凸起一座山來。這作不到！我們應該多學多練，學習古典文藝應當列入學習計畫之中。

有的青年文藝愛好者喜歡學習世界文藝名著，而輕視自己民族的遺產，甚至連「五四」以來的作品也不大看。是的，世界文藝名著是必須學習的，但是因此而輕視自己民族的遺產便是偏差。我們應當吸收世界上一切的好東西，以便創作出優秀的作品。可是，一談到創作，我們就必須承認，我們首先是為我們自己的人民服務；那麼，繼承我們自己的文學遺產必是責無旁貸的。我們的創作熱情與愛國熱情應當是分不開的。熱愛我們自己的遺產並不排斥從世界各國文學吸收營養，但是偏愛外國的而輕視自己的文學遺產便有損於我們的創作。沒有民族風格的作品是沒有根的花草，它不但在本鄉本土活不下去，而且無論在哪裡也活不下去。

這麼說，我們應該學習的東西不是太多了麼？的確是不少！要不然，作家為什麼那麼不容易做呢？想想看，哪一個偉大的作家不是學問淵博、積極勞動的人呢？偉大的魯迅就是我們的光輝典範。

寫劇本的而完全不懂舞臺技術，寫詩歌的而一點不懂音樂，寫電影劇本的而不懂些電影技術，寫說唱文學的而不懂說唱形式的說法唱法，必定使他們的創作吃虧。這難道不是無可否認的事實麼？我學習寫劇本已有好幾年，但是我始終不懂舞臺是怎麼一回事。且不談我在生活與思想等等上的貧乏，只就舞臺技術這一項說，我已經吃虧不少。我們要掌握語言，獨創風格，我們還需要許多許多本事，才能使我們的歌詞能唱，話劇能演，電影劇本能攝製，通俗文藝能說能唱。為提高寫作技巧，這些本領都是必要的。

當然，我們沒法子在很短的時間內能學會一切。我們應當按照個人所需制定計畫，先學什麼，後學什麼，逐漸充實自己，穩步前進。若只滿足於一技之長，滿意於一篇作品的成就，「敝帚千金」這句老話便還是對我們的很恰當的諷刺！

多學就必須多接觸，多接觸是最可寶貴的。我們去學舞臺技術、說唱方法，必然而然地會多接觸一些人與事，豐富自己對人與事的認識與了解。這難道不是可貴的麼？做個作家最怕關起門來，六親不認！古代文人往往以「孤高自賞」表示處世的態度。在他們的時代，他們或者不得不那麼做。可是，在社會主義社會裡應當沒有避世絕俗的隱士。今天的作家應該向大家學習，好去寫出內容豐富的作品交給大家，豐富大家的文化生活。

純粹由技術觀點來理解文藝是不對的。可是，技巧還是必需的。一位還不會設色的人而能畫出彩色鮮麗的圖畫來，一位不懂怎麼去安排矛盾與衝突的人而能寫出結構精密的劇本來，都是不可想像的。我們不該輕視技巧。

專靠技巧去進行創作當然是不行的，那麼，就讓我們換個題目來談吧。

三深入生活，了解全面作家必須深入生活是無須多加解釋的。

在青年作家中，許多是在業餘時間從事創作的。這似乎就有了問題。他們是不是應該急速轉業，去專心進行寫作呢？這個要求首先是由於在工作崗位上所見不多，所聞不廣，不易豐富生活經驗。我以為不該這樣理解問題。事實證明：參加這次大會的代表們大多數是有工作崗位的業餘作家。他們的作品內容多數是在他們的工作崗位上接觸到的，吸收來的。他們一方面是各種工作崗位上很好的工作者，另一方面又在業餘時間寫出來作品。這說明：在工作崗位上的確能夠深入那一單位的生活。而且這樣的生活是比偶爾下鄉三月或入廠半年更扎實可靠的。一位小學教師寫兒童文學總比只到小學參觀幾次的作家寫得好的可能更大些。他和兒童們生活在一起，去參觀的作家只是走馬觀花。況且，我們今天是在建設社會主義，我們的工作崗位必然是社會主義建設的工作崗位。我們熱情地工作，就必須遇到隨時出現的矛盾與困難，隨時參加鬥爭。這就是寫作的好材料。

我們的一位店員所知道的關於工商業社會主義改造的政策或者和一位作家所知道的一邊多，但是他比一位作家更熟悉店員們的生活。假若這位店員能夠執筆，他會比作家寫得更親切生動。我們的文藝高潮的到來不能專靠著現有的作家們去到各處生活，寫出幾部作品來，而是靠著所有的工作崗位上的青年業餘作家們各盡其才，各就所知，大量地寫出多種多樣的作品來。我們不可能把所有的青年業餘作家們都集中到一處，深造三年五載。即使可能，那也不見得一定妥當。我們的社會就是個大學校，在各個工作崗位上的青年都在盡力於社會主義建設，參加革命鬥爭。有了相當的文藝修養之後，他們是會以各種文藝形式，寫出社會主義建設的生活課本來的。我們的各守崗位，深入生活，在業餘時間進行創作，正是極其艱苦的鍛鍊——革命的鍛鍊，寫作革命文學的鍛鍊。

反之，我們若在發表了一兩篇作品之後，即離棄工作崗位，去作職業作家，就不一定能夠成功。離開工作崗位即是離開深入生活的據點。這已經是個損失。同時，我們去到生疏的地方，從新生活，困難既多，也曠費時日。假若我們東走走西看看，而無所得，便始而喪氣，終於一事無成。這樣，我們就既耽誤了文藝創作，又半途而廢地拋棄了社會主義建設的光榮任務，真是一舉兩失。作個寫不出作品的有名無實的作家，是最痛苦的事！以我自己來說，我承認自己的勞動紀律相當強。可是，我寫出什麼好作品沒有呢？沒有！這時時使我心痛。一個職業作家是不容易做的！

那麼，是不是我們終身都做業餘作家，永無專業的希望呢？我們的希望很大，因為我們的社會制度是不埋沒任何人才的，是重視文藝工作的。事實證明，今天出席的代表們便是經過黨、團，或文藝團體，或刊物編輯部，或組織上的鼓勵與培養，才有今天的成就的。在舊社會裡，我們這種大會是無從開起的。今後，培養文藝新軍的社會力量必然日益加強，圖書的獲得日益方便，文藝創作的空氣日益濃厚，發表作品的機會日益加多，這都給我們創造下更好的條件，只要我們肯努力鑽研與實踐，我們的成就必會無可限量。我相信，在座的青年，在十年八年後，會有不少成為有名的作家的。我預祝你們的成功！

深入生活好比挖井，雖然直徑不大，可是能夠穿透許多層土壤。在一個工作崗位上堅持工作的好處就是在一個地方鑽探下去，正像打井，一直到發現了水源。這些源源而來的活水使我們終生享受不盡。在文學史上，許多有才能的作家總是寫他親手掘成的那口「井」，並不好高鶩遠地去寫他們沒見過的海與大洋。同時，我們在一個崗位上越久，我們接觸到的這一部門的人物與事情也越多。假若我們能夠全面地了解一個銀行，或一個農業合作社，我們所接觸到的該有多少人，多少事啊！因此，我們在一個固定的崗位上堅持下去，我們就會全面地去了解這一個單位的一切，就有用不完的寫作資料。請細細考慮一下吧，是這麼深入了解一個單位的全面生活好呢，還是今天到這裡，明天到那裡，浮光掠影地去體驗生活好呢？

這並不是說，我們應該永遠死守據點，不離家門一步。絕對不是！我們需要看看祖國的高山大川，祖國百廢俱興的建設，領導祖國建設的偉大人物，使我們更認識祖國，更熱愛祖國，以期把我們所寫的一個地方的事物和祖國建設的整體連繫起來，從一個地方的一個人物或一件事情看出社會主義建設的幸福遠景。深入一種生活並非與世離絕，孤立起來，像魯賓遜那樣。事實上，魯賓遜的孤立不倚，克服困難，正是那一時期的侵略征服、稱王稱霸的那種野心的正確反映。參觀、遊覽等等，在我們的社會裡是沒有多大困難的。我們的日益增多的出版物，隨時布置的政治、學術和時事的報告等等，也都給我們許多吸收知識的方便與機會。我們應當盡量利用這些方便與機會。我們一方面要固守據點，深入生活；另一方面也要博聞廣見，知道世界大勢，了解時代精神。我們所寫的一段小故事，不但足以教育中國人民，而且也能啟發世界人民，教他們看出我們的生活改變是符合真理與人民利益的。

政治熱情是文藝創作的最大的鼓舞力量。我們必須時刻關心國事，用我們的筆配合祖國建設日新月異的進步與發展。在我們的社會裡，不關心政治的人必然會落後。進步的應當表揚，落後的應當批判。假若我們自己不關心政治，不參加革命鬥爭，我們就無從歌頌，也無從批判，我們的作品便可有可無。我們不需要可有可無的作品。政治與藝術的結合，只有在我們的社會裡才極其密切。這是我們的社會主義現實主義文藝的一個特徵。這種密切結合很難從古典主義作品裡找到最好的範本。這須由我們去創造。這是我們的光榮！在今天還主張為藝術而藝術的人是沒有創造勇氣、設法逃避現實的懦夫。

不是為藝術而藝術，而是熱愛生活，才能使我們的筆端迸出生命的火花，燃起革命的火焰。生活是五光十色，萬紫千紅的。設若我們只了解某一方面的生活，而不把它與時代潮流結合起來，我們的作品就必然不會光芒四射。不熱愛生活，生活便受了局限，作品內容也便受了局限。就是專從文學技巧上說，也只有熱愛生活，我們才能夠使語言不至於乾巴巴的，令人難過。語言的豐富源於生活的豐富。儘管我們要寫一個很簡單的故事，我們也需要多少多少生活知識，這才能夠做到：雖然花樣不多，而朵朵都是玫瑰！在適當的地方，我們的文字中需要精闢的比喻，不能長篇大套都是乾巴巴的敘述。比喻是生活知識的精巧的聯想。在生活中沒有仔細的觀察，廣泛的注意，這種聯想便無從得來。「雲想衣裳花想容」和「露似珍珠月似弓」等等比喻，雖然已不新穎，可是至今還留在我們的口中，這便證明我們喜愛這種聯想。它證實了作家有很高的觀察力與想像力，它使我們看見了永難忘記的形象。因此，一個作家而對美術、音樂、舞蹈、足球和「草木之名」等等發生興趣，絕不是多此一舉。我們應當生龍活虎地活著，不該呆如木雞。熱愛生活，多才多藝，我們才能有豐富的生活知識，使我們的作品內容，以及文字，都充實生動，不至於顯出聲嘶力竭的窘態來。

四提高思想，注意理論在我們的社會裡，人人需要學習馬克思列寧主義的理論，和馬克思列寧主義的理論與中國革命實踐相結合的思想，毛澤東同志的著作。

作家們需要比別人學習的更多，因為一來是：假若我們沒有這個思想基礎，我們就不會科學地去分析眼前的錯綜複雜的現象，找不到真理；二來是假若我們找不到真理，我們便沒法透過具體的形象和生動的故事，傳播真理。追求真理與傳播真理是作家責無旁貸的任務。宣傳馬克思列寧主義思想是我們的光榮！

假若我們放棄追求真理、傳播真理的責任，而只以技巧支持著文藝，儘管嘔盡心血，我們也不過只能寫出有技巧的八股而已——讀起來很好聽，裡邊卻沒有任何思想內容。技巧與思想相得益彰，而不是對立的。

思想不是我們自己生活上的點綴，也不是我們作品中的點綴。學習一點就差不多了的想法是自欺欺人的。過去編寫民間戲曲的有個「竅門」：「戲不夠，神仙湊。」公子落難實在無法救出來，便忽然來一陣仙風，把他救走。我們今天難道也還那麼偷懶取巧麼？即使我們利用的不是神仙，而是掌握原則的老幹部也不行啊！可是，這個現象的確存在。看吧，頗有一些話劇，到正面人物一出來，觀眾們便戴上帽子了。觀眾們知道，老幹部一出來，說幾句有原則的話語，一切問題便都解決了。這樣的點綴點綴一定算不了有思想性！馬克思列寧主義思想是堅定我們自己，與敵人作鬥爭的武器！

上述的例子還可以說明：言行必須一致。我們應當怎麼認識，怎麼行動。革命思想的實踐成為革命行動。沒有這種實踐，思想便只是點綴，而「戲不夠」就須「幹部湊」了。我們學習到的思想若是無補於我們的行動，那些思想便不能化為血液，貫串全身，使崇高的思想變為崇高的品質。這樣，我們學習到的思想便永遠是點綴，無益於我們自己，也無益於我們的作品。反之，思想由實踐而表現到行動上去，我們才能有高度的政治熱情，的確以追求真理，傳播真理為己任，才能創造出具有高度思想性的作品。我們應該是擁護真理，從鬥爭中尋求真理的百折不撓的戰士，以文藝作品鼓動人民的革命鬥爭熱情，而不是為個人的名利，仗著一些技巧，寫些可有可無的東西。我們在日常行動上若是敵我分清，有憎有愛，我們才能寫出劃清敵我界線，明辨是非的作品。

談到文藝理論，它也不是和創作對立的。理論指導創作，使我們提高。在我年輕的時候，我看不起文藝理論。我以為只要寫出作品，便盡到作家的責任，理論與我有什麼相干呢？結果，我寫了不少，可是都立不住腳，都相差無幾，沒有顯然的進步。我盲目生產！創作應該是最清醒的，閉著眼亂寫怎能成功呢？

我既不注意理論，也就不大知道時代的文藝趨向。隨便拿到一本古典作品便視如珍寶，也想照樣寫那麼一本。我心裡說，只要我寫出可以媲美古人的東西，就可以傳之不朽。這樣心理便使我盲目崇拜古人，而忘了我是生在今天，我的作品應當為今天服務。我落在了現實的後邊。時代是前進的，而我的作品，因為忽略了當前的文藝方向，卻往往扯住時代的腿。在思想上，作家應當是先知先覺，我卻有些不知不覺，麻木不仁了。

因為對文藝理論不感興趣，我也不大接受批評。我的最厲害的法寶是：「我寫的不好啊？你來寫！」事實上呢，批評者並沒因此而敗下陣去，吃虧的反倒是我自己。一個嚴肅的，以傳達真理為己任的作家，一定樂於接受批評，鞭策自己不斷進步。

今天，社會主義現實主義的文藝理論，給一切進步作家指出明確的方向與創作方法。在這理論的指導與鼓舞下，全世界愛好和平的人民看到了一種新興文藝，使他們看到社會主義建設的新英雄人物，與倡導保衛世界和平、爭取人類平等自由的詩歌與其他作品。這些作品給全世界愛好和平的人民指出並證實：社會主義的確是人類的良心。在這種理論指導下，連文藝體裁也須煥然一新。我們今天的抒情詩、諷刺劇與傳記等體裁，都須有別於古典的寫法。這使我們多麼興奮啊！我們須創造新的形式與新的技巧，前無古人。我們向古典文藝學習的是如何深入生活，洞察世態，是熱愛人民，熱愛祖國，大膽地揭發醜惡，熱情地歌頌光明。至於形式，因為我們有了社會主義的內容就不便機械地因循摹仿。我們繼承民族傳統，不是因襲，而是使它發展。

我們不但連文藝形式都須有所創造，我們還該大膽地樹立自己的風格手法，自成流派！社會主義現實主義的文藝創作在內容上，在形式與風格上，都是要豐富多采的。

同志們，能在這裡做這個報告，使我感到驕傲！在我面前的是幾百位文藝青年生力軍，這證明作家隊伍的壯大已是事實。繼續努力吧，同志們，讓我們在中國共產黨的領導下，都以最多的勞動，最艱苦的學習，最謙誠的態度，去創作社會主義現實主義的優秀作品，豐富建設社會主義的六億人民的文化生活吧！讓我們的老作家與青年作家親密地攜手前進，互相學習，互相幫助，互相批評，使我們的文藝戰線日益堅強，一齊創作出無愧於毛澤東時代的作品來！

我的「話」

二十歲以前，我說純粹的北平話。二十歲以後，餬口四方，雖然並不很熱心去學各地的方言，可是自己的言語漸漸有了變動：一來是久離北平，忘記了許多北平人特有的語調詞彙；二來是聽到別處的語言，感覺到北平話，特別是在腔調上，有些太飄浮的地方，就故意的去避免。於是，一來二去，我的話就變成一種稍稍忘記過、矯正過的北平話了。大體上說，我說的是北平話，而且相當的喜愛它。

三十歲左右的五年中，住在英國。因為歲數稍大，和沒有學習語文的天才，所以並沒能把英語學習好。有一個時期，還學習了一點拉丁和法文，也因腦子太笨而沒有什麼成績。不過，我總算與外國語言接觸過了。在上一段中，我說明了怎樣因與國內的方言接觸，而稍稍改變了自己的北平話；在這裡，就是與外國語接觸之後，我便拿北平話——因為我只會講北平話——去代表中國話，而與外國話比較了。

最初，因英語中詞彙的豐富，文法的複雜，我感到華語的枯窘簡陋。在偶爾練習一點翻譯的時候，特別使我痛苦：找不著適當的字啊！把完好的句子都拆毀了啊！我鄙視我的北平話了！

後來，稍稍學了一點拉丁及法文，我就更愛英文，也就翻回頭來更愛華語了，因為以英文和拉丁或法文比較，才知道英文的簡單正是語言的進步，而不是退化；那麼以華語和英語比較，華語的驚人的簡單，也正是它的極大的進步。

及至我讀了些英文文藝名著之後，我更明白了文藝風格的勁美，正是仗著簡單自然的文字來支持，而不必要花枝招展，華麗輝煌。英文聖經，與狄福、司威夫特等名家的作品，都是用了最簡勁自然的，也是最好的文字。

這時候，正是我開始學習寫小說的時候；所以，我一下手便拿出我自幼兒用慣了的北平話。在第一二本小說中，我還有時候捨不得那文雅的華貴的詞彙；在文法上，有時候也不由得寫出一二略為歐化的句子來。及至我讀了《艾麗司漫遊奇境記》等作品之後，我才明白了用兒童的語言，只要運用得好，也可以成為文藝佳作。我還聽說，有人曾用「基本英文」改寫文藝傑作，雖然用字極少，也還能保持住不少的文藝性；這使我有了更大的膽量，脫去了華豔的衣衫，而露出文字的裸體美來。在當代的名著中，英國寫家們時常利用方言；按照正規的英文法程來判斷這些方言，它們的文法是不對的，可是這些語言放在文藝作品中，自有它們的不可忽視的力量，絕對不是任何其他語言可以代替的。是的，它們的確與正規文法不合，可是它們原本有自己的文法啊！你要用它，就得承認它的獨立與自由，因為它自有它們的生命。假若你只採取它一兩個現成的字，而不肯用它的文法，你就只能得到它的一點小零碎來作裝飾，而得不到它的全部生命的力量。因此，我自己的筆也逐漸的、日深一日的，去沾那活的、自然的、北平話的血汁，不想借用別人的文法來裝飾自己了。我不知道這合理與否，我只覺得這個作法給我不少的欣喜，使我領略到一點創作的樂趣。看，這是我自己的想像，也是我自己的語言哪！

避免歐化的句子是不容易的。我們自己的文法是那麼簡單，簡直沒有法子把一句含意複雜的話說得圓滿呀！可是，我還是設法去避免，我會把一長句拆開來說，還教它好聽，明白，生動。把含意複雜的一個長句拆開來說，恐怕就不能完全傳達那個長句所要表現的意思了，句子的形式既變，意思恐怕也就或多或少總有些變動；即使能夠不多不少的恰切原意，那句子形式的變動也會使情調語氣隨著改變。於此，歐化的語句有時候是必不能捨棄的，特別是在說理的文章裡。不過，我自己不大寫說理的文章，我所寫的大多數是詩歌小說之類的東西。這類的東西需要寫得美好，簡勁，有感動力。那麼，語言之美是獨特的無法借用，有不得不在自己的語言中探索其美點者。談到簡勁，中國言語恰恰天然的不會把句子拉長；強使之長，一句中有若干「底」、「地」與「的」，或許能於一句中表達紆回複雜的意念，有如上述；但在文藝作品中這必然的會使氣勢衰沉，而且只能看而不能讀，給詩歌與戲劇中的對話一個致命傷。在一個哲學家口中，他也許只求他的話能使人做深思，而不管它是多麼彆扭、生硬、冗長，文藝家便不敢這麼冒險，因為他雖然也願使人深思細想，可是他必定是用從心眼中發出來的最有力、最扼要、最動人的言語，使人咂摸著人情世態，含淚或微笑著去作深思。他要先感動人。這從心眼中掏出來的言語，必是極簡單、極自然、極通俗的。媳婦哭婆婆，或許用點兒修辭；當她哭自己的兒女的時候，她只叫一兩聲「我的肉」，而昏倒了！文字的感動力是來自在某個場合中必然的說某種話——這個話是最普遍常用的，絕難借用外國文法的。一個哲學家，與一個工友，在他痛苦的時節，是同樣的只會叫「媽」的。

我明白了上述的一點道理——對不對，我可不敢說——我就決定放棄了翻譯工作。這工作是極要緊的，但是它使我太痛苦——顧了自己，便損害了別人；顧及別人，便失落了自己。言語的不同沒法使彼此盡歡而散。同時，我寫作小說也就更求與口語相合，把修辭看成怎樣能從最通俗的淺近的詞彙去描寫，而不是找些漂亮文雅的字來漆飾。用字如此，句子也力求自然，在自然中求其悅耳生動。我願在紙上寫的和從口中說的差不多。到了這個地步，有時候我頗後悔我曾經矯正過自己的北平話了：有許多好的詞彙，好的句法，因為怕別人不懂而不用，乃至漸漸的忘記了。是的，中國話確是太簡單了，詞與字真是太不夠用了；把文言與白話摻合起來用，或者還能勉強應付；可是我立志要寫白話，不借助於文言，豈不是自找苦吃？況且，我又忘了許多北平話呢！

我要恢復我的北平話。它怎麼說，我便怎麼寫。怕別人不懂嗎？加注解呀。無論怎說，地方語言運用得好，總比勉強的用四不像的、毫無精力的、普通官話強得多。至於借用外國文法，我不反對別人去試驗，我自己可是還無暇及此，因為我還沒能把自己的語言運用得很好哇！先把握住自己的話，而後再添加外來的材料，也許更牢靠一些。

近來有件傷心的事：我練習著寫詩，把自己憋得半死！我知道，詩是語言的結晶。我寫的是白話詩，自然須是白話的結晶。可是，這結晶不成；知道的白話是那麼少啊！而且所知道的那一些，又運用得那麼拙笨啊！我還是不敢多向外國語求救，可是文言不住的對我招手。我本想置之不理，給它個冷肩膀吃。但是，沒了米，也只好吃麵粉了，還能餓著嗎？唉，對白話我有點不忠之罪！是白話不夠用嗎？是白話不配上詩的園裡去嗎？都不是！是自己無才，而且有點偷懶啊！我以為，從詩的言語上說，假若「刁騷」、「歧路」、「漣漪」等無聊的詞彙不被剷除了去，白話詩或者老是一片草地，而排列著許多墳頭兒，永遠成不了美麗的林園。

不過，近來也有椿可喜的事：我在練習寫話劇。話劇太難寫了，我當然不會一蹴而成功。但是，且不管劇中旁的一切，單就對話來說，實在使我快活。我沒有統計過，在一齣三幕或四幕劇中，用過多少個字。我可是直覺的感到，我用字很少，因為在寫劇的時節，我可以充分地去想像：某個人在某時某地須說什麼話，而這些話必定要立竿見影的發生某種效果；用不著轉文，也用不著多加修飾，言語是心之聲，發出心聲，則一呼一嗽都能感人。在這裡，我留神語言的自然流露，遠過於文法的完整；留神音調的美妙，遠過於修辭的選擇。劇中人口裡的一個「哪」或「嗎」，安排得當，比完整而無力的一大句話，要收更多的效果。在這裡，最真實的不是作文，而是講話。話語的本來的文法，在此萬不能移動；話語的音節腔調之美，在此須充分的發揚。劇中人所講的是生命與生活中的話語，不是在背誦文章。

我沒有學習語言的天才，故對語言的比較也就沒有任何研究。我也沒研究過文法，而只知道自己口中所說的話自有文法，很難改創。對語文既無所知，可是還要談論到它們，不過是本著自己學習寫作的經驗說說實話而已，說不定就是一片胡言啊！

載一九四一年六月十六日《文藝月刊》六月號

我怎樣學習語言

二十多年前，我開始學習用白話寫文章的時候，我犯了兩個錯兒：一、以前用慣了文言，乍一用白話，我就像小孩子剛得到一件新玩藝兒那樣，拚命地玩耍。那時候，我以為只要把白話中的俏皮話兒湊在一處，就可以成為好文章，並不考慮：那些俏皮話兒到底有什麼作用，也不管它們是否被放在最合適的地方。

我想，在剛剛學習寫作的人們裡，可能有不少人也會犯我所犯過的毛病。在這兒談一談，也許是有好處的。

經過一個相當長的期間，我才慢慢明白過來，原來語言的運用是要看事行事的。我們用什麼話語，是決定於我們寫什麼的。比方說：我們今天要寫一篇什麼報告，我們就須用簡單的，明確的，清楚的語言，不慌不忙，有條有理的去寫。光說俏皮話，不會寫成一篇好報告。反之，我們要寫一篇小說，我們就該當用更活潑，更帶情感的語言了。

假若我們是寫小說或劇本中的對話，我們的語言便決定於描寫的那一個人。我們的人物們有不同的性格，職業，教育程度等等，那麼，他們的話語必定不能像由作家包辦的，都用一個口氣，一個調調兒說出來。作家必須先胸有成竹的知道了人物的一切，而後設身處地的寫出人物的話語來。一個作家實在就是個全能的演員，能用一枝筆寫出王二、張三與李四的語言，而且都寫得恰如其人。對話就是人物的性格等等的自我介紹。

在小說中，除了對話，還有描寫，敘述等等。這些，也要用適當的語言去配備，而不應信口開河的說下去。一篇作品須有個情調。情調是悲哀的，或是激壯的，我們的語言就須恰好足以配備這悲哀或激壯。比如說，我們若要傳達悲情，我們就須選擇些色彩不太強烈的字，聲音不太響亮的字，造成稍長的句子，使大家讀了，因語調的緩慢，文字的黯淡而感到悲哀。反之，我們若要傳達慷慨激昂的情感，我們就須用明快強烈的語言。語言像一大堆磚瓦，必須由我們把它們細心地排列組織起來，才能成為一堵牆，或一間屋子。語言不可隨便抓來就用上，而是經過我們的組織，使它能與思想感情發生骨肉相連的關係。

二、現在說我曾犯過的第二個錯處。這個錯兒恰好和第一個相反。第一個錯兒，如上文所交代的，是撒開巴掌利用白話，而不知如何組織與如何控制。第二個錯兒是趕到弄不轉白話的時候，我就求救於文言。在二十多年前，我不單這樣做了，而且給自己找出個道理來。我說：這樣做，為是提高白話。好幾年後，我才放棄了這個主張，因為我慢慢地明白過來：我的責任是用白話寫出文藝作品，假若文言與白話攙夾在一道，忽而文，忽而白，便是我沒有盡到責任。是的，有時候在白話中去找和文言中相同的字或詞，是相當困難的；可是，這困難，只要不怕麻煩，並不是不能克服的。為白話服務，我們不應當怕麻煩。有了這個認識，我才盡力的避免借用文言，而積極的去運用白話。有時候，我找不到恰好相等於文言的白話，我就換一個說法，設法把事情說明白了。這樣還不行，我才不得已的用一句文言——可是，在最近幾年中，這個辦法，在我的文字裡，是越來越少了。這就是不單我的劇本和小說可以朗讀，連我的報告性質的文字也都可以唸出來就能被聽懂的原因。

在最近的幾年中，我也留神少用專名詞。專名詞是應該用的。可是，假若我能不用它，而還能夠把事情說明白了，我就決定不用它。我是這麼想：有些個專名詞的含義是還不容易被廣大群眾完全了解的；那麼，我若用了它們，而使大家只聽見看見它們的聲音與形象，並不明白到底它們是什麼意思，豈不就耽誤了事？那就不如避免它們，而另用幾句普通話，人人能懂的話，說明白了事體。而且，想要這樣說明事體，就必須用淺顯的，生動的話，說起來自然親切有味，使人愛聽；這就增加了文藝的說服力量。有一次，我到一個中學裡作報告。報告完了，學校一位先生對學生們說：「他所講的，我已經都給你們講過了。可是，他比我講得更透澈，更親切，因為我給你們講過一套文藝的術語與名詞，而他卻只說大白話——把術語與名詞裡的含蘊都很清楚地解釋了的大白話！他給你們解決了許多問題，我呢，慚愧，卻沒能做到這樣！」是的，在最近幾年中，我無論是寫什麼，我總希望能夠充分的信賴大白話；即使是去說明較比高深一點的道理，我也不接二連三的用術語與名詞。名詞是死的，話是活的；用活的語言說明了道理，是比死名詞的堆砌更多一些文藝性的。況且，要用普通話語代替了專名詞，同時還能說出專名詞的含義，就必須費許多心思，去想如何把普通話調動得和專名詞一樣的有用，而且比專名詞更活潑，親切。這麼一來，可就把運用白話的本事提高了一步，慢慢的就會明白了什麼叫做「深入淺出」——用頂通俗的話語去說很深的道理。

現在，我說一說，我怎樣發現了自己的錯兒，和怎樣慢慢的去矯正它們。還是讓我分條來說吧：一、從讀文藝名著，我明白了一些運用語言的原則。頭一個是：凡是有名的小說或劇本，其中的語言都是源源本本的，像清鮮的流水似的，一句連著一句，一節跟著一節，沒有隨便亂扯的地方。這就告訴了我：文藝作品的結構穿插是有機的，像一個美好的生物似的；思想藉著語言的表達力量就像血脈似的，貫串到這活東西的全體。因此，當一個作家運用語言的時候，必定非常用心，不使這裡多一塊，那裡缺一塊，而是好像用語言畫出一幅勻整調諧，處處長短相宜，遠近合適的美麗的畫兒。這教我學會了：語言須服從作品的結構穿插，而不能烏煙瘴氣地亂寫。這也使我知道了刪改自己的文字是多麼要緊的事。我們寫作，最容易犯的毛病是寫得太多。誰也不能既寫得多，而又句句妥當。所以，寫完了一篇必須刪改。不要溺愛自己的文字！說得多而冗一定不如說得少而精。一個寫家的本領就在於能把思想感情和語言結合起來，而後很精練地說出來。我們須狠心地刪，不厭煩地改！改了再改，毫不留情！對自己寬大便是對讀者不負責。字要改，句要改，連標點都要改。

閱讀文藝名著，也教我明白了：世界上最好的著作差不多也就是文字清淺簡練的著作。初學寫作的人，往往以為用上許多形容詞，新名詞，典故，才能成為好文章。其實，真正的好文章是不隨便用，甚至於乾脆不用形容詞和典故的。用些陳腐的形容詞和典故是最易流於庸俗的。我們要自己去深思，不要借用偷用濫用一個詞彙。真正美麗的人是不多施脂粉，不亂穿衣服的。明白了這個道理以後，我不單不輕易用個形容詞，就是「然而」與「所以」什麼的也能少用就少用，為是教文字結實有力。

二、為練習運用語言，我不斷地學習各種文藝形式的寫法。我寫小說，也寫劇本與快板。我不能把它們都寫得很好，但是每一形式都給了我練習怎樣運用語言的機會。一種形式有一種形式的語言，像話劇是以對話為主，快板是順口溜的韻文等等。經過閱讀別人的作品，和自己的練習，劇本就教給了我怎樣寫對話，快板教給我怎樣運用口語，寫成合轍押韻的通俗的詩。這樣知道了不同的技巧，就增加了運用語言的知識與功力。我們寫散文，最不容易把句子寫得緊湊，總嫌拖泥帶水。這，最好是去練習練習通俗韻文，因為通俗韻文的句子有一定的長短，句中有一定的音節，非花費許多時間不能寫成個樣子。這些時間，可是，並不白費；它會使我們明白如何翻過來掉過去的排列文字，調換文字。有了這番經驗，再去寫散文，我們就知道了怎麼選字鍊句，和一句話怎麼能有許多的說法。還有：通俗韻文既要通俗，又是韻文，有時候句子裡就不能硬放上專名詞，以免破壞了通俗；也不能隨便用很長的名詞，以免破壞了韻文的音節。因此，我們就須躲開專名詞與長的名詞——像美國帝國主義等——而設法把它們的意思說出來。這是很有益處的。這教給我們怎樣不倚賴專名詞，而還能把話說明白了。做宣傳的文字，似乎須有這點本領；否則滿口名詞，話既不活，效力就小。思想抓得緊，而話要說得活潑親切，才是好的宣傳文字。

三、這一項雖列在最後，但卻是最要緊的。我們須從生活中學習語言。很顯然的，假若我要描寫農人，我們就須下鄉。這並不是說，到了鄉村，我只去記幾句農民們愛說的話。那是沒有多少用處的。我的首要的任務，是去看農人的生活。沒有生活，就沒有語言。

有人這樣問過我：「我住在北京，你也住在北京，你能巧妙的運用了北京話，我怎麼不行呢？」我的回答是：我能描寫大雜院，因為我住過大雜院。我能描寫洋車夫，因為我有許多朋友是以拉車為生的。我知道他們怎麼活著，所以我會寫出他們的語言。北京的一位車夫，也跟別的北京人一樣，說著普通的北京話，像「您喝茶啦？」「您上哪兒去？」等等。若專從語言上找他的特點，我們便會失望，因為他的「行話」並不很多。假若我們只仗著「泡蘑菇」什麼的幾個詞彙，去支持描寫一位車夫，便嫌太單薄了。

明白了車夫的生活，才能發現車夫的品質，思想，與感情。這可就找到了語言的泉源。話是表現感情與傳達思想的，所以大學教授的話與洋車夫的話不一樣。從生活中找語言，語言就有了根；從字面上找語言，語言便成了點綴，不能一針見血地說到根兒上。話跟生活是分不開的。因此，學習語言也和體驗生活是分不開的。

一個文藝作品裡面的語言的好壞，不都在乎它是否用了一大堆詞彙，和是否用了某一階級，某一行業的話語，而在乎它的詞彙與話語用得是地方不是。這就是說，比如一本描寫工人的小說，其中工廠的術語和工人慣說的話都應有盡有，是不是這算一本好小說呢？未必！小說並不是工廠詞典與工人語法大全。語言的成功，在一本文藝作品裡，是要看在什麼情節，時機之下，用了什麼詞彙與什麼言語，而且都用得正確合適。怎能把它們都用得正確合適呢？還是那句話：得明白生活。一位工人發怒的時候，就唱起「怒髮衝冠」來，自然不對路了；可是，教他氣沖沖地說一大串工廠術語，也不對。我們必須了解這位發怒的工人的生活，我們才會形容他怎樣生氣，才會寫出工人的氣話。生活是最偉大的一部活語彙。

上述的一點經驗，總起來就是：多唸有名的文藝作品，多練習多種形式的文藝的寫作，和多體驗生活。這三項功夫，都對語言的運用大有幫助。

載一九五一年八月十六日《解放軍文藝》第一卷第三期

民間文藝的語言

語言是構成民族風格的最重要的成分。民間文藝，不管多麼粗糙，還是多麼細緻，總是運用民間語言的。這一點就值得我們用心學習。假若我們不肯學習，即使我們按照民間文藝的形式寫作，我們也不會寫好；即使我們能寫出很有思想的東西，也不會教人民一聽就懂，而且喜愛它。人民喜愛自己的語言。

民間文藝的語言，一般的說，是簡短明快的，因為民間文藝多半不是預備悅目的，而是悅耳的——要說得出，唱得出。記住這個，我們再寫東西的時候，就會不止在紙上推敲文字，而要用耳朵考驗考驗了——不管寫什麼形式的東西，能這麼做也不吃虧。經過耳朵的考驗，我們才除了注意文字的意義而外，還注意文字的聲音與音節。這就發揮了語言的聲韻之美。我們不要叫文字老爬在紙上，也須叫文字的聲響傳到空中。耳朵不像眼睛那麼有耐性兒，聽到一個不受聽的字，或一句不易懂的話，馬上就不耐煩。所以我們必須寫得嘹亮乾脆，不能拖泥帶水地拉不斷扯不斷。我們曾經提倡過朗誦詩；其實，人民早就不但朗誦詩，也朗誦散文。舊戲中的道白，評書中的一部分散文，都是有滋有味的說出來的，並不平鋪直敘。人民不但朗誦詩，而且給詩配上音樂；大部分民間曲藝是唱出來的。音樂是感人的，詩是感人的，音樂與詩合在一塊兒就加倍的感人了。人民早就發現了這個道理。有些知識分子，自視甚高，卻忽略了這個道理，硬把詩作得與散文相近，不嚴格地追求音節聲韻之美；硬說有思想就夠了，不必力求語言與音樂的密切結合；硬說詩應當有含蓄，甚至可以隱晦一些，不必爽朗明快；怪不得好多人民不大喜愛新詩呢！

我們往往發現，一段民間文藝在讀起來的時候，並不怎麼美好，可是一經藝人唱起來就變了樣子，變得悅耳好聽。這是什麼道理呢？原來藝人們不管詞句怎麼不好，也在文字的「平上去入」上用過一番工夫，所以能用聲音的美好補足了文字的缺欠。我們作新歌曲的人呢，有的就不辨平仄；萬一再遇上個不辨平上去入的音樂家給製譜，那就難怪字不響、音不順，難以聽懂了。

在這裡，我並不是說，民間文藝中的粗糙字句是可以取法的；也不是說，我們作歌詞，製樂譜，只須注意文字的平上去入，而不管別的。我是說，我們既是搞文藝與音樂的，就須了解我們的文字特質，我們的文字既分平上去入，我們就不能不注意。以前，因為我們不注意，所以我們寫出的東西，就往往被藝人拒絕，不肯演唱。這不怪藝人，而應當怪我們自己。至於有的人寫出平仄不辨、音節不調的東西，而硬說是突破形式，就未免太不虛心了。連自己的語言的聲韻音節還沒把握到，還談什麼突破形式呢？

民間文藝的語言既多半要能說能唱，它就必須選擇現成的字。好的戲詞曲詞，用字是那麼現成，幾乎能使人聽見上半句，就猜到下半句。這樣，唱的人的詞句便能脫口而出，而聽者也能感到不費力就領會了全句；於是歌者與聽者就打成一片。這就是說，民間文藝會從人民的語言找到竅門，使人聽了歡喜，也要跟著唱。我們所寫的通俗文藝呢，往往不細心地去找這個竅門，想到什麼字就用上什麼字，結果是我們的句子彆扭，連唸起來還不順嘴，更不用說唱起來了。我們必須記住，我們必須用現成的活語言，給人民服務，而不該生拉硬扯，湊成句子，把人民嚇跑。我們要下很大的工夫，才能使我們的文字清淺活潑，像一條活的溪水似的。

在民間文藝裡，也有許多不好的句子。一種是民間藝人只顧很容易地湊成句子，就不假思索地謅出來：「把話明」，「把話云」，「把話言」……。另一種是文人給加過工的，把原詞加上或換上許多表面文雅而實際庸俗的字樣，弄得驢唇不對馬嘴——這樣說，並不過分，人民的語言是與人民的生活分不開的；用文雅而庸俗的語言去描寫人民的生活，當然是驢唇不對馬嘴。我們學習民間文藝，必須留心剔選，既不偷懶學那「把話云什麼的，也不濫充文雅，隨便安上腐爛的修詞。我們首要的是把文字寫得明朗康健，現成易懂。假若我們能寫出這樣的語言，即使不預備寫通俗文藝也是有好處的。通俗化的傾向是該貫徹到一切文藝作品中去的，不是只有鼓詞與相聲才須通俗。我們將來的文學作品必須是像《水滸傳》那樣的既通俗又有很高的藝術性與思想性的。

載一九五二年《中國語文》七月號

請多注意通俗文藝

我要向文藝界同志們呼籲：請多注意通俗文藝！這並不由於一時的感情激動，而是按照目前通俗文藝運動的實際情況，不能不做這樣的呼籲。四年來，通俗文藝在創作上與在配合政治任務上都有了一定的成績和很大的發展。這是肯定的。可是目前，因生活的改善，文化的提高，與掃除文盲的成效，人民大眾普遍地迫切地需要更多的與更好的通俗讀物與可用說唱形式表演的作品。供給卻遠遠落在這普遍而迫切地需要後邊。因此，今天的通俗文藝的創作還需要推動與振作！

拿起《北京日報》看看吧，戲劇廣告欄裡的節目一年到頭總是《小女婿》、《劉巧兒》、《羅漢錢》這幾齣；在全國戲曲會演之後，才又添上了《祝英臺》、《白蛇傳》、《劉海砍樵》幾個也還欠完美的民間傳說節目。群眾與演員們一致地要求新節目的上演，可是一年二年地過去了，作家們還沒有動筆，我知道，我們都終年辛辛苦苦，並沒偷閒，可是事實上我們是怠了工；要不然為什麼劉巧兒與小女婿會那麼頑強地不肯去休息休息呢？首都如是，各地恐怕也如是，假若不是更差一些的話。

再看看曲藝吧：一部分的老段子已不受群眾歡迎，而新段子呢，壞的很多，藝人不願唱，群眾不願聽；好的呢，慚愧，還少得很！這樣，今天的曲藝就顯出沒有多少生氣，因而影響到一部分藝人的生活與情緒。沒有人敢說曲藝不是短小精悍的宣傳利器。事實告訴我們，不但工人、農民、部隊都喜歡它，就是學校與機關裡作宣傳或文娛活動也一定缺不了它。戲劇歌舞所不能到的地方，曲藝可以去到；在人力與金錢上，曲藝也比戲劇歌舞更能節約。可惜，作家們並沒能供給足夠的好的作品，而工人、農民、部隊以及學生與機關幹部往往得自己動手去寫。朋友們，有意還是無意的呢，我們在這一方面似乎又有點怠工！

這就須看看各處的通俗文藝刊物了。這些刊物理應是通俗讀物與戲曲稿本的供給站。可是，我知道，這些供給站本身的最大痛苦就是沒有豐富的稿源。以《說說唱唱》這個刊物說，編輯部每月都能接到幾百或上千件的稿子，可是編輯們卻日夜發愁到時候不能集稿發稿，因為成百成千的來稿多數是練習簿子上的習作，老作家與已有成績的作家們的筆跡是很難見到的。因為發表了的作品不很好，因為作家們不大寫通俗作品，社會上就有了一種不正確的看法，以為通俗讀物是低一級的容易寫的作品，應當用它試手，所以還沒有把散文寫通順的文藝愛好者就開始習作通俗韻文了。我們不應攔阻他們摯誠地練習，但是由這樣成百成千的試作中很難選出精品也是事實。

好的外稿既很少，編輯部同志們就不能不臨時動員幾位關心通俗文藝的朋友來幫忙，或親自動手趕寫，以便到期不誤發稿。這樣，通俗文藝刊物就漸漸地成為通俗文藝刊物的編輯們與一些「專家」的園地了。這似乎不是個好現象。在今天，文藝工作者的團結是越來越好了，可是由上述的情形來看，我們不由地感到彷彿在這裡還有一條界線：有的專搞提高，對普及工作可以不大過問；有的專搞普及，孤立無援。

大部分專門搞普及工作的作家們是懂得一些說唱形式，有相當好的文字技巧，而且摯誠地服務於普及工作的。他們在解放後的一、二年內，曾經寫過不少所謂趕任務的宣傳品，立過一些功，現在有的擔任了通俗文藝刊物的編輯，有的成為通俗文藝作品的經常供應者。他們看出自己從前的作品是不夠好的。這個願望與要求是值得稱讚的。可是，思想性與藝術性俱強的作品又不是一時半會兒所能寫出的。他們之中有的就變成了眼高手低，不敢輕易落筆了。

這樣，專搞提高的參加普及工作的不多，而專搞普及的又有的已遲遲不敢動筆，通俗文藝可就擱了淺！這個情況不應再延續下去。所以我在前面說過，今天的通俗文藝的創作還需要推動與振作，所以我要向同志們呼籲！

我並不想在這裡提倡某種通俗文藝的形式。那麼一來，就把問題看得太狹隘了，而狹隘本身就是缺點。通俗文藝的形式有很多很多，每個地方都保存著一些特殊的形式，我們只要一注意通俗文藝，我們就會就地取材，開始學習。我們要的是百花齊放，不是形式統一。在過去的三四年裡，通俗文藝作品多數只運用了快板、鼓詞之類的幾個形式，正是個缺點。更可笑的，有的人向來沒有親耳聽過北方的大鼓，卻放著本地風光，近水樓臺的形式不用，而從報紙與刊物上照貓畫虎地摹寫鼓詞，這似乎可以叫做形式主義吧！我們的問題是大家還沒有充分注意通俗文藝；只要一經注意，形式是取之不竭的。而且在掌握了舊形式之後，還可以突破形式，推陳出新。我們的確沒有注意它，要不然，且不說地方上的各種各樣歌謠曲藝，就是我們的大部頭的評書（至少有幾十部）！怎麼會到今天還沒人下手整理呢？難道這包括著《列國》、《東西漢》、《三國》、《隋唐》、《說岳》、《明英烈》等，一向是民間藉以取得歷史知識的演義，不是很重要的遺產麼？說到這裡，我們也有必要請求對古典與民間文藝有研究的專家們多參加通俗文藝工作，以便把研究與實際結合起來，解決如何向民間文藝學習，如何蒐集和整理民間文藝等等問題。

我也不想在這裡懇求某一位作家趕緊從事學習通俗文藝，我鼓動所有的作家這麼辦！這樣一交代，我們便很容易把提高與普及並為一談，而不再把它們分別看待了。提高與普及本來是一致的。讓我們從事實上說吧：請看，今天的小說不是就有一個普遍存在著的問題嗎——語言欠通俗。我想，沒有人會硬著頭皮說：我這部小說是為提高的，讀者越少越好，越不懂越好！不會有這種事！反過來說，《水滸傳》與《紅樓夢》兩大著作是大家唸得懂，因而喜歡唸的，以至百讀不厭。我想：也不會有人說：這兩大著作因語言通俗而吃了虧。不管我們的作品的思想性如何高深，內容如何豐富，假若我們的語言不通俗不現成，它就不可能成為具有民族風格，為人民所喜愛的作品。

民族風格從哪兒來呢？首要的是在語言裡找。用歌德的語言永遠寫不出具有中國民族風格的作品。德國話是德國話，中國話是中國話，彼此不能代用。我們今天的一部分小說吃了虧，因為其中的語言不三不四，沒能充分發揮我們的語言之美，於是也就教民族風格受了損失。假若唸我們的創作和唸翻譯作品沒有什麼分別，那怎麼能使人民由心眼裡喜愛，由喜愛而受到教育呢？

請多注意通俗文藝

在我們的許多小說裡，作家往往不就某一情節中人物應有的感情與思想提出精練的語言，而是通篇都籠統地用報紙上刊物上的語言敷陳事實。我們似乎還沒有許多像《水滸傳》中武松打虎那樣的文字，因為我們假若寫武松打虎，可能是這樣的：「武松，他提高了警惕，以無比的英勇，等待機會，再給憤怒的老虎以無情的打擊！」是的，這幾句是我瞎謅的。可是，我在我們的作品裡遇到過與此類似的文字，而且不止一次！同志們，假若我們去聽聽民間的故事，看看民間的戲曲，聽聽評書藝人怎麼評講「鬧書」，我們就會以「無比的英勇」修改我們的小說了！自然，民間故事與評書藝人的語言往往有些陳腐了的，但是即使如此，他們都是按照他們所能理解的生活找出情節與繪色繪聲的語言，而不是死死板板地籠統敘說。他們為求語言的生動活潑，往往不惜犧牲了真實，去打動聽眾。他們會教包公氣炸了鬍子，高挽起袖子，親自動手去鍘陳士美。我們不應學那陳舊的語言，也不必學這種過火的誇大。我們是要學他們運用語言的方法。假若他們像我們那樣形容天氣熱就光說「天那麼熱呀」；形容沒有秩序就光說「那個亂呀」，我管保他們都會餓死的！誰去聽他們說那個熱呀與那個亂呀呢？他們要形容，就會叫聽眾不由地解開鈕扣！

不錯，語言不是一切，但是我們都知道，語言的確是我們的工具。一個木匠不會用鋸和刨子，還成什麼木匠師傅呢？

我們的詩有同樣的毛病，或者比散文的毛病更大一些。我們常說：詩是語言的結晶。可是，我們的新詩的最大的一個缺點就是它沒能做到這一點。詩人們好像是沒有用全力去調動、推敲語言，也就難怪它不能結晶。讓我們隨便拿兩句古詩來看看吧：「兩個黃鸝鳴翠柳，一行白鷺上青天。」這不是怎麼了不起的兩句詩。可是，詩人的確用了全力去寫出它們。在這誰都能看懂聽懂的兩句裡，有黃、翠、白、青四個不同的顏色，還有兩個數目，兩個動作，兩種飛禽，一種樹，一種最大的東西——青天。裡邊還有音樂，黃鸝的鳴聲。這裡沒有一個生字，而畫出了一片有聲有色的美麗境界。從語言上說，它們有自然的音節，明朗的色彩，悅耳的聲音。詩人運用了所有的語言之美，絲毫沒有偷工減料，再看看我們的詩呢，裡邊也許有很深的思想與感情，可是語言沒能做到不能多一分也不能少一分的恰到好處的配備。我們的詩就好像是可以變成蝴蝶的綠蟲，蝴蝶的確是在裡邊，可惜還沒能飛起來。好的詩是思想、感情、形象、文字，與音樂最精妙地生長在一處的，所以能使讀者不由地手舞足蹈，一唱三嘆。我們現在的詩還沒有這種魔力，也就難怪不能傳誦一時，更不要說傳誦千古了。

是的，我們應當學習古典詩歌。不過，古典作品的絕大部分是用文言寫的，還不能恰好地足以解決我們的問題。說到這裡，我要獻寶了，這寶貝就是民間的通俗詩歌。不錯，通俗的詩歌裡也有一部分文言；但大體上說，它是以白話為主。雖然用的是白話，它卻承襲了並且相當發展了古詩的音節韻律。它經得起朗誦與歌唱的考驗。因此，聽一段鼓詞，不管其中的語言多麼拙劣，我們至少可以得到一些好處。這就是說，它的音節是美好的，否則不能演唱出來。即使它沒有別的好處，它可的確抓住了語言的音樂性。語言的音樂性原是詩歌構成的重要因素。其次，民間詩歌中的用字雖然未必字字精到，可是有不少地方巧妙地運用了民間語言。由這些語言所激起的感情與所引起的想像都是雅俗共賞，人人共有的。不像某些古典詩詞那樣只足以供騷人墨客的吟味欣賞。我們的缺點，據我看，就是在我們的詩歌裡缺少音節之美，既不能吟，更不能唱。不能吟唱的詩就好像沒有弦的琴。我們的另一缺點是不善於運用民間語言，沒有深入淺出的效果。我們往往用驚嘆號去代替富有感情的字，往往堆砌一大堆泛泛的修詞，使讀者莫名其妙。我們不用深入淺出的方法漸漸逼起感情，如後浪的催前浪，漸成高潮，而往往想藉著幾個自以為了不起的字彙抓住讀者的心靈。打個比喻，我們是用濃墨抹滿了紙，而稱之為山水畫。結果呢，只有黑糊糊的一片，並沒有山水。因此，我們從民間的詩歌去學習學習，一定不會是勞而無功的。我們必須調動好詩中的音節，必須運用人民的語言，以補過去的缺欠。我們必須用最美的語言道出我們的思想與感情。這樣，我們才能鞏固、發展民族的風格。沒有民族風格的詩便什麼也不是。

我並不要求所有的作家都馬上放下他手下的工作，而立刻去寫鼓詞或評戲，雖然那麼辦是大有利於通俗文藝的。我是說，不管你寫不寫通俗作品，學一學總是有益的；當然，多一些作家來參加普及工作是目前的迫切要求。就是專寫散文的作家，學一學通俗韻文也一定不會吃虧。只有學習韻文才能明白什麼叫推敲與精練。以我個人的經驗來說，我學習過古典的與民間的韻文，雖然我寫不好韻文，我的散文卻因此多少有一些進步。我修改散文，正像修改韻文那麼不肯偷懶。在散文中，我也不忘了音節與聲音之美，所以我有時候能做到怎麼寫怎麼唸，言文一致。我覺得：假若用寫詩的力氣去寫散文，可以叫做精益求精，那麼散文化的詩就可以說是偷工減料。

我這樣說似乎有點偏於保守。我必須說，我沒有棄新復古的意思。我以為，世界上既沒有忽然由平地冒出來的文學，我們就不能不重視傳統。學習舊的不過是手段，真正的目的卻在推陳出新。

請多注意通俗文藝

我切盼因我的呼籲而增多參加普及工作的作家，而且寫出鏗鏗然，落地作金石聲的通俗韻文與散文，使通俗文藝工作風起雲湧地活躍起來，能夠滿足人民普遍的迫切的需要！

載一九五三年十月十三日《人民日報》

相聲語言的革新

昔日的相聲演員有一種本領：對什麼觀眾，說什麼話。他們到天橋或別處去「撂地」，地方既欠「文明」，聽眾裡又沒有婦女，他們的嘴裡就野一些；及至走堂會的時候，嘴裡就很乾淨，不帶髒字兒。

現在，這種本領用不著了。演員們到哪裡都堂堂正正地說那一套詞兒，沒有什麼見不得人的話。

這是個很大的變化。

從語言上看，有的老相聲段子相當文雅，特別是某些單口的。可是大多數的老段子，與別的曲藝形式中的語言相較，的確顯著粗糙。這並不足為怪。在老年間，相聲本是街面上的玩藝兒，難登大雅之堂。文人墨客既沒有編寫相聲的本領，也不屑於去學習。所以，大多數的段子是由當時的藝人自己編的。他們都有些才華，要不然就編不出相聲來。可是，在那個年月，藝人不能不顧及生活，所以就不得不迎合低級趣味，以期增多收入。因此，有的老段子通體都以湊趣逗哏為主，並沒有什麼更高的意義。這不能怪藝人，而應怪當時的任憑相聲自生自滅，沒人關心。

黨關切一切藝人，相聲演員也身受其惠。從前被稱為「說相聲的」，解放後變成相聲演員和語言藝術家了。這種鼓勵使藝人非力爭上游不可。於是，他們開始接近作家，整理老段子，創作新段子。這麼一來，首先是老段子中的粗俗語言必須去掉。若只去掉陳腐的，而不補充上新鮮的，好處就不大。相聲演員更進一步，不只在空洞的語言上繞圈圈，而開始去從生活中尋找語言。他們下廠下鄉，慰問部隊，宣傳清潔衛生，參加社會活動……。新的生活供給了新的語言。

新語言的運用，使演員們看清楚：語言本身的確有招笑的能力。但是，專憑語言的能力，而沒有思想內容，便會落個空耍貧嘴，風格不高。這就是新段子裡只抱住一句笑話死不放手，翻來覆去地重複的原因。比如說：老段子或墊話裡若是抓住武大郎，便把所有的有關武大郎的俏皮話、歇後語全都搬來，反覆應用，力求逗笑，既乏含蓄，又沒有什麼意義。新段子就很少利用這個庸俗的手法。新段子裡多少有了思想內容，不專靠語言支持局面了。

我不輕視相聲中的語言能力。但是，專重語言而忽略了思想內容，便只能招笑，而不能作有力的諷刺。相聲應當招笑，而諷刺必由較比高深的思想得來。成功的新段子都是既有諷刺，又配以適當的足以招笑的語言。這類的新段子樹立了相聲的新風格，雅俗共賞，且有教育意義。這類的段子的創作方法若能繼續提高，我們的相聲便能夠擔起更重大的責任，成為打擊敵人與政治鬥爭的有力武器。

在新段子裡，也有些不甚成功的。這些段子的缺點大概是頗願提高相聲的思想性，可是在語言上卻摹仿老段子的老包袱。這就是說，在思想上求新，而在言語上不敢放膽創造。結果呢，內容與形式不能統一，包袱勉強，失去相聲應有的效果。相聲的效果是隨時使人發笑，笑完了去作深思，有所醒悟。某些老段子只顧招笑，不及其他，當然不大好；某些新段子又只顧宣傳，而忘了招笑，也不大好。當然，既能非常招笑，又有深刻的政治性，是極不易為的事，這就有待於我們的努力，再努力。在那些較好的新段子的基礎上，我們一定能夠層樓更上的。

相聲生在北京，長在北京，這就難怪在老段子裡有許多許多北京的土語方言。可是，現在這也有了變化。相聲的足跡現在已遍全國，廣播電臺時常播送相聲節目，工廠、部隊、學校和機關裡，只要舉行遊藝會，差不多總要表演相聲。這樣，相聲裡的土語方言也就逐漸減少，而代以普通話，且成為推廣普通話的配合力量。這是個可喜的變化。

這說明了一個問題：土語方言確是有極為俏皮的，會在相聲裡起很大的作用。但是，假若相聲的情節安排得好，普通話也能同樣地獲得預期的效果，不必非用土語方言不可。近幾年來的成功的新段子，差不多在語言上已看不出多少地方色彩，可以拿到任何地方去說，都同樣受到歡迎。這就擴大了相聲陣地。

假若文藝作品而需要土語方言，相聲就應居首位，因為它必須引人發笑，而土語方言往往具此本領。那麼，依據過去幾年的經驗，相聲既可以用普通話去寫去說，別的文藝形式就更可以這麼作而無損於表現力了。這個鮮明的具體事實，可供喜用土語方言的作家參考。

假若一位只聽過老相聲，而沒有聽過新相聲的人，忽然聽到新段子，他該怎樣地驚異啦！新段子的語言既乾淨，又是普通話，而且內容密切結合社會現實，他怎能不驚異呢？是呀，這不但使他驚異，而且也使他高興啊。想想看，當年被認為難登大雅之堂的玩藝兒，今天卻變為到處受歡迎的文藝尖兵，這是多麼大的變化與進步！

可是，若是沒有黨的領導與關切，相聲與相聲演員怎能取得今日的地位呢！讓我們都感激黨，並要求自己以更好的作品及表演技術為人民服務，答報黨的恩惠吧！

載一九五九年九月二十四日《曲藝》第九期

喜劇點滴

怎樣寫喜劇？我回答不上來。我沒寫出過優秀的喜劇。我只能就自己習寫喜劇的一點點經驗，枝枝節節地說上幾句，而且不一定可靠，供參考而已。

先說語言：戲劇的語言應當是詩的語言，不管是用韻文寫還是用散文寫，也不管是寫悲劇還是寫喜劇。悲劇與喜劇雖然都需要最好的語言，可是喜劇似乎有賴於語言的支持者更多，因為喜劇的情節，不管多麼好，若不隨時配備上尖銳、生動的詞句，就一定使喜劇效果受到損失。喜劇的漂亮語言應與劇情的發展相輔而行，不斷地發出智慧的火花。我有這麼個看法：悲劇好比不盡波浪滾滾而來，與我們的熱淚匯合到一起，而喜劇則如五彩煙火騰空，使我們驚異而愉快。喜劇的語言必須有聰明，有趣味，五色繽紛，麗如煙火。這很不容易作到。世界文學史中，能寫悲劇又能寫喜劇的劇作家並不很多；在許多條件中，運用語言的本領不能不算作一個。因此，想要寫喜劇，必須注意及此。

也須注意：喜劇語言的漂亮並不靠找來些俏皮話與歇後語。這種現成話用多了，適足以使人感到庸俗。我們須由人物的性格的發展中創造出極富機智、使人驚喜的語句來。喜劇的語言應當接近諷刺詩，處處潑辣生動。對語言，只說這麼幾句。

內容決定形式。什麼故事宜於悲劇或喜劇，作者當會決定，不必在此多說。我只願說說我們今天寫喜劇所應注意的事情。

我以為在我們的不斷革命的時代裡，喜劇的資料是用之不竭的，因為既是不斷的革命，內部矛盾就必層出不窮。由團結－批評－團結的態度出發，內部矛盾是可以得到很好的解法的。這就供給了許多喜劇資料。因此，我們必先認清，若是寫內部矛盾，我們的筆下便不是無情的鞭撻，像打擊敵人那樣，而是善意的鞭策，提高覺悟。喜劇不必一定是諷刺劇，但是舊時代的喜劇恐怕多半含有極尖銳的諷刺，入骨三分，叫諷刺的對象難以自容。這個態度不適用於寫內部矛盾。可以說，寫內部矛盾的喜劇是一種新型的喜劇，切不可用打擊敵人的方法處理。

打擊敵人的諷刺劇是可以寫的。不過，反映全民躍進生活的喜劇也萬不可忽略。我們今天迫切需要這種喜劇。要寫這種喜劇，必須深入生活，了解矛盾所在，及其解決的方法。我試寫的喜劇多半因為生活不夠而先天不足。我的語言相當幽默，適於寫喜劇，但是專靠語言能力是撐不起一部喜劇的。

我的比較好一點的喜劇是力求由各方了解人物生活的結果。我要描寫一位商店服務員，就既要了解他在商店中的生活，也要了解他的家庭生活等等。一位服務員在商店裡是個積極分子，而一到家中也許就變了樣子，像個老太爺。他有矛盾。這個矛盾很可能有朝一日會影響到他的工作。假若劇中有五個人物，而作者真認識他們的生活各方面，喜劇的資料便會相當豐富，能夠從生活各方面「包圍」他們，不至於寫得乾巴巴的。一部描寫內部矛盾的新型喜劇中，也許沒有一個反面人物。假若作者對人物的生活了解不足，就很難如此辦到。

從人物的各色各樣的生活中，我們把故事組織起來。最好是用一件事作故事中心，把人物連繫到一起。這樣，人與人的關係便明顯一些，彼此間的矛盾也可能更自然一些，不至無中生有地硬製造矛盾。比如父與子、母與女之間，年紀不同，生活經驗不同，在思想上就難求一致，因而發生衝突。在《女店員》裡，我把女服務員的丈夫與母親拉出來，表現大家在思想上的矛盾。這樣，就使矛盾與鬥爭多了一些，而且叫我不必把戲都放在商店裡。女服務員與母親、丈夫等的矛盾可又都是為了同一件事：她們決心出去服務，而家裡有人扯她們的腿。再加上她們在商店裡遇到的困難，戲劇衝突就會增多，喜劇的氣氛也更濃厚一些。人物的生活方面廣，而故事集中，就不至於寫成活報劇了。

欲求故事集中，必須找到個中心思想。在《女店員》裡，我叫四個主要的女店員全住在一條胡同裡，彼此熟識，彼此幫助。她們結成一個小陣營，與落後分子進行鬥爭。這樣安排，劇中的穿插便活潑了一些，鬥爭的力量也強大一些。那麼，她們為什麼鬥爭呢？這需要一面鮮明的旗幟——婦女解放。是的，婦女解放！有了這個大題目，我就可以把劇中所有的男女排成兩隊：爭取婦女解放的和阻撓她們解放的。於此，我就能在對話中，歌頌黨的解放婦女的英明的政策。所以戲雖不大，可是有個崇高的目的，具體地說明了千百年來受壓迫的婦女，只有在黨的領導下，才能夠站了起來！反之，我若只描寫婦女有了收入，日子更好過，便一定會犯見木不見林的毛病。喜劇切忌庸俗。沒有一個遠大、宏偉的思想照耀著全劇，庸俗便不容易避免。

就這麼結束了吧，意見不成熟，不敢再多說。

載一九五九年《安徽戲劇》十二月號

文學創作和語言

文藝主要的幹些什麼呢？是要創造。它不像工廠那樣製造出大量的、一個樣子的產品。文藝產品是多種多樣，五光十色的。作家雖然不能隨便在大地上添一座山，加一道河。我們還沒有那麼大的本事。但能創造人。這一點作家和「上帝」差不多。《紅樓夢》中那麼多姑娘，梁山泊那麼多好漢，都是我們那同行前輩創造出來的。歷史上並不一定有那些個人，有些人不見經傳；但比之見經傳的還更突出，更能傳諸不朽。我們現在見了一個弱不禁風的姑娘，就管她叫林黛玉；一個橫衝直撞的小孩，就叫他猛張飛。世界上本沒有那麼個人，我們給它添上一個。這就是作家的創造。創造人是不容易的。解放後我們的小說、戲劇創作有很大的成績，但是究竟創造了多少人呢？我看的東西不多，能說的上來的，如趙樹理、周立波等同志的小說，是有人物的，他們生活在我們的心中。就是世界上那麼多小說、劇本，創造了多少人？我看也是有限的。我們講提高，不從創造人下手，便不能提高。因此，應在這方面努力。

文學創作和語言

今天，我們正處在社會主義時代，人是新的，老套子套不上。怎麼辦呢？我看首先要解決我們作家做人的態度。假如作家的態度不對頭，就沒有辦法了解新的人，也就無法創造新的人。解放以前我寫東西，沒有什麼選擇，不管什麼，只求寫出來就行了。今天，我要寫新人，可是寫不太好，甚至寫不出來。從我解放後寫的那些劇本來看，舊人寫的好一些，新人就不那麼好。原因是我和工農兵接觸的不夠，對他們的生活、思想感情不熟悉，不了解。這樣，寫起來就非常困難。因此，我們自己應當首先立志做一個新人。作家解決了自己做一個什麼樣子的人的問題，才能談得上創造新人。

創造人物，當然指的是小說、劇本而言。一首詩，一篇散文並不一定如此。小說、劇本非寫出人物來不可。在舊社會，閉門多唸些書，勤於寫作就行了。今天不是那樣。今天的作家是新社會的人，是最富有革命精神的人，是社會上最活躍的人；不是整天待在圖書館裡的人。今年全國各地作家紛紛下鄉，參加階級鬥爭，參加勞動，這是好辦法。但也可能有些人覺得在圖書館裡坐坐，寫寫就行了，何必下鄉呢？這不大對！這幾年能夠寫出好作品來的，像趙樹理、周立波、康濯等同志，就是經常在鄉下的。我沒有在鄉下，就很難寫出這樣的好作品。當然有一個時期關在屋裡讀上幾個月書也可以，但不要忘記下去念活書。雷鋒同志雖然沒有意識到在寫文學作品，但他的日記是很好的文學作品，我們應向雷鋒學習，做雷鋒式的作家。雷鋒日記中那麼多精彩的句子，不是關在屋子裡寫出來的。而是在平凡而偉大的生活中、行動中體驗出來的。雷鋒那麼年輕，就能夠寫出那麼多的至理名言。我們的作品中缺少的可就是這種至理名言。我們寫了一部小說，並且發表了；寫一本戲，也演出了，但是，能夠讓人記得的話有幾句呢？在關漢卿、莎士比亞這些大劇作家的作品中，有許多話是能讓人記住的，因為是至理名言。我們可以檢查一下自己的作品，不要說句句讓人記得，就是兩三句有沒有？也許沒有！我們寫一件事，對它的本質和思想深度，也許並沒挖得深，看得透。我若不是最具革命精神的人，最活躍的人，就無法寫出雷鋒式的至理名言。因此，我們首先應當做個革命的文藝戰士，熱愛祖國，熱愛黨，擁護黨的政策，只有這樣，我們的筆下才能有新的感情。

有些愛好文藝的工人同志們、學生們說：我們在工廠裡，在學校裡，生活圈子很小，寫不出什麼東西來。我覺得這話值得討論。雷鋒同志的生活圈子也並不很大，也不過是在工廠、部隊。但是他每到一個小圈子裡，就立刻主動地做創造環境的人，熱愛勞動的人，最喜歡幫助人的人，所以他就能在那樣的小圈子裡寫出那樣的格言式的、精彩的、傳之不朽的句子來。假如我們能像雷鋒那樣幹，只就一部機器說吧，它是國家的財富，我們若熱愛它，就能寫出很好的詩或散文來；工廠裡不能只有一個人，起碼有一個工作組，假如我們能像雷鋒那樣，幫助別人愛別人，那就能寫出一些動人的故事，怎麼能說找不到東西寫呢？學校裡人就更多了，上千上萬嘛。任何地方的生活，也不像有些人說的那樣單調；而是我們不主動去幹應幹的事情，幹雷鋒同志所作的事情。希望天上掉下一件事情，正好被我們拾著，一寫就成了一部傑作，天下沒有那麼回事！我們首先要認真進行思想改造，不解決這個問題，就沒法子提高。往上走不容易，我們可是必須往上走，力爭上游。我們應當有那樣的抱負。

好多的青年朋友，愛問我這樣的說：你是怎樣觀察的呀？我們就是不會觀察！我覺得應當少用「觀察」這兩個字。你觀察什麼呀？今天我們在這裡開會，進來一個作家，繞場一周，觀察一番，出去了就能寫出一篇文章來嗎？沒有那麼回事！我覺得，要參與其事才能寫出東西來。不能參觀一下，觀察一下算了，作家有什麼特殊的眼睛呢？並沒有什麼千里眼。

怎樣運用口語

咱們說過，大白話是咱們嘴裡的活言語。大白話就是口語。用口語寫出來的東西容易生動活潑，因為它是活言語。活言語必然唸起來順口，聽起來好懂，使人感到親切有味。

讓咱們還先從用字用詞上說起吧。

（一）**要現成**。作文章應當用現成的字和詞，在前面已經略略交代過。現在，不妨再說一說，因為這是個很重要的問題。您看，我時常遇到這樣的事：某同志已在工廠或部隊生活過好幾年，很想寫出他所熟悉的生活，可是寫不出來，據他們自己說，是因為缺乏字彙詞彙。有的同志還給我來過信，問缺乏字彙詞彙怎麼辦。這使我很納悶。難道在工廠或部隊生活過好久，就不知道各種機器和各種武器的名稱嗎？就不知道工廠裡部隊裡的日常用語嗎？「迫擊炮」就是「迫擊炮」，並沒有別的詞彙可以代替呵。「計件工資」就是「計件工資」，也沒有別的詞彙可以代替呵。再說，既在工廠或部隊裡生活，每天都要勞動，辦許多事情，難道不說話嗎？至少，大家也得跟別人一樣，有吃喝起居等等事情吧！那麼，「吃飯」就是「吃飯」，難道因為作文章就須改為「進饌」麼？

我看哪，這是犯了咱們在第一段說過的毛病，就是他們總以為一拿筆寫文章就得放下日常生活的言語，而另換上一套。這個想法不正確。您看，作家們不是時常下廠下部隊去學工人和戰士的語言嗎？假若工人和戰士沒有豐富的言語，作家們幹什麼去向他們討教呢？毛病呵大概是在這兒——有的工人和戰士有點輕看自己的語言。的確，一位工人或戰士說不上來一位教授的話，可是工人或戰士一時並不會去描寫一位教授的生活。況且，一位大學教授也並不對學生們說：「上課矣，爾輩其靜聽予言！」同志們，文字越現成越有力量，不要考慮什麼文雅不文雅。「小三兒把衣裳弄髒了」比「小三兒將衣裳玷汙了」要有勁的多。「汗流如漿」遠不及「汗珠兒掉在地上裂八瓣」那麼生動深刻。躲著生活中現成的詞彙不用，而另換一套，是勞而無功的。

(二) **要選擇**。看了上邊的一段話，我們就知道寫文章須用現成的字與詞。可是，這並不是說，凡是現成的字與詞都可以拍拍腦袋算一個。我們須細心地選擇一下，看哪個最合適。

比如說，「上學」和「入學」兩個詞本來是差不多的，可是它們並不完全一樣，我們就不好隨便地用。「小三兒上學去」是說小三兒到學校去；「小三兒入了學」是說他考中了，入了學校。這樣，一個「上」字和一個「入」字就不能亂用；一亂用，意思就不明確了。再比如說，「行」跟「走」本是一個意思，可是我們不說「我行到東安市場」；在這裡，「走」字現成。趕到我們說「行軍」的時候，又必說「行」，不說「走」；「行軍」現成，「走軍」不像話。現成不現成就是通大路不通大路，大家都那麼說就現成；只有我們自己那麼說就不現成，我們應當留點心。

再看，「做」、「幹」、「搞」三個字不都是一樣的麼？可是，我們要先選擇一下，看看哪個最合適。在「他做事很認真」這一句裡，「做」字最恰當。我們不能說「他幹事很認真」，或「搞事很認真」。在「你要好好地幹」裡，「幹」就比「做」和「搞」都更有勁。「他把事情搞垮了」，「搞」又比「做」和「幹」都更恰當。

這麼一看，我們就可以看明白：那些發愁字彙詞彙不夠用的同志們也許並不缺乏字彙詞彙，而是不會選擇與調動自己知道的字眼兒。用現成的字眼兒作文章，必須注意怎麼選擇，怎麼調動。這就是說，我們須給我們平時用的語言加點工。平時，我們用錯一兩個字，也許沒有太大的關係，寫文章可不許用錯一個字。用錯一個字，話就不明確，成了胡塗文章。我們學寫作，先別光發愁字眼兒不夠用，到處去找什麼「潺潺」呵，「熊熊」呵，「漣漪」呵，有了這些半死不活的詞彙並不能教咱們寫出好文章；沒有它們，我們還是能寫出好文章來。最要緊的是把咱們知道的字眼都用得恰當合適。作文所以是費腦筋的事，就在這裡——寫在紙上的字要個個明確，個個合適，我們要想了再想，不許馬馬虎虎。為了「做」、「幹」、「搞」這類人人知道的字也要用腦筋細想細選。這就叫做「推敲」。有一個古人作了一句詩：「僧推月下門。」後來一想，「推」字不如「敲」字好，因為「推」字的動作太「瘟」，不如「敲」字的動作既有動作，又能出聲兒。您看，同是現成的字，有響聲的就比啞叭字好得多。當然，推門也可能出聲兒，可是推門的聲兒不像敲門的聲那麼響亮，那麼好聽。我們作文或作詩，也得下些「推敲」的工夫。想了再想，一點也不隨便。這是我們必須下的一番工夫。不下這番工夫，而只想大筆一揮就能寫出一篇好文章，沒有那回事。我們作文既不要先害怕，也別著急。作什麼也是一樣，都是功到自然成。

（三）**新字新詞**。照著前邊所說的，我們是不是應當吸收新的詞彙呢？一定要吸收。「抗美援朝」、「愛國衛生運動」，都是幾年前所沒有的，而現在已成為盡人皆知的，我們怎能不用呢。它們已經成為大家口頭上的，而且沒有別的詞彙可以代替它們，它們也就都現成。

可是要當心，要用一個新的詞彙，必須先十分明白了它，千萬別似懂不懂就亂用。「檢查」是「檢查」，「檢討」是「檢討」，不能隨便將就。自己不明白一個字一個詞，就趕緊去向別人討教，千萬別不懂假充懂，那最誤事！

說到這兒，我又想起那些發愁詞彙缺乏的同志們。我看哪，他們心中也許有許多詞彙，可是一到用的時候就抓了瞎，到底這個詞怎麼講呢？不用它吧，不行；用吧，心裡沒底！所以他們發了愁。假若他們平日有「不明白就問」的習慣，他們一定用不著這樣發愁。把平日口頭上說的詞彙都重新檢查一下，看看到底真明白了多少，也許是個好辦法。不明白的趕緊去問。我們要運用口語，就不能不用口頭上的新名詞，要用它們就須先明白它們。不這麼辦，我們不易豐富自己的語言。

以上是由用字用詞上講怎麼運用口語。以下另說兩件事：

（一）**應否用土話**。口語裡有許多土話，土話在一個地方現成，在另一個地方就不現成，或甚至完全不懂，所以我們用土話的時候得考慮一下。我們頂好用普通話寫文章，少用或不用土話。我們全國都正在進行推廣普通話的運動，所以我們寫文章也該用普通話。這是我們的一個政治任務。不會說普通話怎辦呢？只有一個辦法——學。

（二）**造句**。從造句上說，我們也要遵照口語的句法。一般的說，中國話在口頭上是簡單乾脆的，不多用老長老長的句子。我們往往愛犯造長句的毛病，不但唸起來不自然，不悅耳，不易懂，而且有把自己也繞胡塗了的危險——自己已繞胡塗，讀者就更胡塗了。按照我的經驗，我總是先把一句話的意思想全，要是按照這點意思去造句呢，我也許需要一句很長很長的話；於是，我就用口語的句法重新去想，看看用口頭上的話能不能說出那點意思，和口頭上的話怎樣說出那點意思。我往往把一個長句子分成好幾個短句來說，既能把意思說明白，而且說得很自然，挺帶勁，不拖泥帶水。用這個方法造句，寫出來的一篇東西雖不能完全是口語，可是大致都能接近口語了。思想儘管深，能用普通的句法說出來，思想就變成誰都能明白的事兒了。

關於語言規範化

同志們，大會給了我一個很大的難題，讓我來作關於語言規範化的報告①。我的發言，因為沒有時間寫出來，只好想起什麼說什麼，其中有些好的意見，是我聽別人說的，在這裡傳達一下；不成熟的意見是我自己的。語言規範化的問題很難談，因我不是語言學家。

今天有兩個大運動，一是漢字改革，一是語言規範化。

簡單說幾句關於文字改革問題。在文字改革上，有許多不同的意見，但是作家們一致擁護。文字改革的方法是不求規範化的。這是什麼意思呢？就是說，文字改革是一個過渡的辦法。我們將來一定是用拼音文字。方塊字難處很多：難認，難唸，難懂，難記，難寫。過渡期間，消滅漢字不行，那麼辦就天下大亂了。文字改革就是讓漢字簡單一些，讓它容易認些，容易記些，容易寫些，省一點力氣，這是必要的。一個外國小學生學了五年拼音文字可以差不多能認、能唸、能寫一點簡單的話。我們的文字既是那麼難，小學生讀過五六年書，還不易寫好簡單的文字。不是有一度要把小學六年制改成五年制麼，結果沒有改，主要是文字不易掌握，非六年不可。漢字非常頑強，怎樣記也記不住。看到它不認識。這是知識傳播的很大障礙。有些生字，甚至大學畢業生，甚至我自己也是見到不認識，瞎矇，常常唸錯。一個「斤」字加上「走」旁唸「近」，加三點水就壞了，不能唸「近」音了。

因為漢字發展的歷史是複雜的，所以簡化漢字就應原來怎樣現在還怎樣，不要硬造一套新字。如「雞」、「難」、「觀」等字，一個「又」加一個「鳥」唸「雞」，「又」代表「奚」；「觀」字一邊是「雚」，與「奚」並不一樣。可是我們人民自古以來，只要寫不上來就寫個「又」，我們今天不必再去改正。又如「擬」現在改成「拟」，要是規範化的話，凡是有「疑」旁的就都應變成「以」。可是「癡」簡寫為「痴」，「礙」簡寫為「碍」，相沿已久；如果力求規範化，把「痴」寫成「疒以」，「礙」寫成「石以」，誰認識呢？不要勉強統一起來，用不著，行不通。

文字改革不規範化，因為漢字歷來就不規範化，誰也說不清楚漢字是怎麼回事。人民用慣了的就對，不可硬改。所以文字改革是一種革命的改良，而不完全是革命，假如革命會引起混亂。

簡字實行以來，成績很好，首先是小學生高興，因為第一課「開學了」的「學」字的上半只要三點就行了。工人也是非常高興。簡字穩步前進，一批一批發表，假如一下子都來了，人們認起來就有困難。可能有些人不大喜歡簡字，覺得不美觀，看起來彆扭，這沒有關係，看慣就不彆扭了。

語言規範化是一個很大的運動，它有一定的目的。文字改革是過渡的辦法。在沒有實行拼音文字之前，不能讓漢字壓得喘不過氣來，所以簡化一些。為推行拼音文字，我們要創造條件，忽然用拼音字是不行的。

語言規範化就是為拼音文字創造條件。這包括三方面：(一)語音，假如不預備下標準音，實行拼音文字便沒有用處。我拼北京音，你拼福建音，他拼廣東音，各人拼各人的一套，拼音文字便沒有多大用處。(二)語法，一句話怎樣說，動詞在哪兒，名詞在哪兒，必須有個規矩，要不然寫出來就費解。(三)詞彙，玉米又叫包穀或棒子，如果不解決這個紛歧，拼出來還是彼此不懂。所以，只有這三方面都規範化，我們才有實行拼音化的可能。

現在說語音，政府已決定以北京音為標準音。這不是說北京音比其它地方音好，而是必定得有個標準音。世界上都是這樣：蘇聯以莫斯科音為標準，法國以巴黎音為標準，英國以倫敦音為標準。五六百年來，相沿以北京音為標準音，這是歷史事實。如讓全國人民投票，大家一定投北京音。屬於京音區域的範圍也廣，它是唯一的「候選人」。現在北京是毛主席住的地方，北京音實在是全國人民的聲音。推廣北京音，這不是一件輕而易舉的事情。這是一個極偉大重要的任務。我們在政治上有了空前的統一，語言也應該這樣，這才能配合上社會主義的建設。所以在這個問題上大家無須爭論到底北京音好不好，北京音完全不完全。我們要有信心推廣它。語音似乎與作家沒有多少關係，其實不然，因為一個作家一方面也是公民，應該學習。所以，今天我發動我們大家學習北京音，這是政治任務，我們應該帶頭。

在詩歌需要押韻，這就須用標準音。如「陳」、「程」二字用京音讀，有顯然的區別，在南方就不分。現在不分沒有關係，但以後小學生都學了標準音，你仍「陳」、「程」不分便行不通。所以作為一個公民，和作為一個詩人，我們都應該開始學習標準音。我希望全國各省市文聯和文藝團體都應該發動學習，特別是搞戲劇的。這次話劇會演，有許多演員語言不標準化，語言不規範化，仍說他們本地方言，受到批評，觀眾聽不懂。我們應該注意這個問題。

學北京音並不是說學北京話，所以現在不說推廣北京話，而是推廣以北京音為標準的普通話。所謂普通話，已經存在好幾百年了。我們許多有名的著作，是用這種普通話寫成的。我們現在的報紙刊物是用這種普通話的，而不是用廣東話或福建話的。普通話不是北京話。北京話是普通話裡的一部分。過去，如要進京見皇帝，首先要學官話，大家往往拿《紅樓夢》做課本。現在的以北京音為標準的普通話，是用國家法令來推行的。這是件大事情。為什麼這樣辦？因為漢語在某些方面是進步的語言，有力量的語言，它簡單，說的人多，約有五萬萬左右；但另一方面，它又不很成熟，因為它有很多方言，不統一。語言紛歧是建設祖國的很大的障礙。我們要衝破這個障礙。

說普通話應注意語音，不要拿自己的方音來說普通話。

普通話不是一成不變的，它還在發展，所以我們應在現有的基礎上去推廣。唸北京音是絕對的標準，而基礎則與標準有別。這就是說，普通話還在發展，音要固定，話卻還在發展。剛才說普通話不等於北京話，即拿我自己京話來說吧，幾十年來，它天天在變，愈變愈普通。我小時說的北京話，與現在說的可以說很不一樣。我們在運動中也不強禁方言，我們只是應該大力宣傳。讓大家認識學習普通話的好處和必要。

方言中能作為普通話的即可提升，純粹土話就慢慢消滅。大家公認的詞彙就存在，不公認的慢慢就消滅。就是說，普通話應該與書面語言連繫著發展。我以前寫的作品土話很多，現在我不那麼亂用土語。不要捨不得土語，珍惜土語對我們民族語言的發展不利。

普通話有幾百年的歷史，逐漸吸收了各地來的營養，所以成為全民族的，能夠共同使用。現在報刊所發表的東西都是用普通話寫的，而不是用蘇州話或廣東話。這種普通話通行全國。《人民日報》通行全國。這種話是普通話，不見得是北方人寫的，但大家公認這種東西。小說和劇本裡用的方言土語還很多，應該力求規範化。我們不應該把方言的價值估計過高。以前我就是這樣，覺得方言土語表現力強。事實上，這並不正確。《龍鬚溝》裡土話非常多。《西望長安》裡土話就少得多了，而並不見得表現力就薄弱。

我們不預備強迫消滅土語方言，但它一定會消滅。我們對普通話的推廣努力越多，方言土語消滅就越快。

規範化是不是強迫大家按一個公式說話呢？這是誤會，不是的。特別是我們作家，我們要保存自己的風格。規範化是要遵循語言的法則，不說錯話。我們根據法則說話，擴大規範化的影響。「五四」以後，有的作家摹仿歐化語法，這不妥當。我們今天應根據我們語言的法則來寫作。這樣一說，我們若再亂用方言土語，問題就嚴重了，因它不符合民族利益。現在有些作家喜用方言土語，這是與規範化背道而馳的。作家沒有亂用語言的自由。不爭取規範化就是落後。我們應要求在文章裡不犯錯誤。編輯有責任糾正稿子，讓它規範化一些。

語音是以北京音為標準了，詞彙、語法的標準在哪兒呢？這是個問題。關於詞彙，我們急需一部詞典。語法的書也迫不及待。就是北京音也有不同的唸法，如「波」字、「舍」字都有不同的讀法，所以科學院成立了語言審查委員會，來確定字音。至於詞彙，我們說了一輩子的話還不知道漢字有多少詞。以玉蜀黍一名詞來說，即有玉米、棒子、包穀、珍珠米等不同的說法。統一詞彙是艱鉅的工作。

我以為寫小說、詩歌、戲劇等等應該力求語言通大路——普通化。我們從人民那裡取得語言，然後去加工。我們支持普通化，幫助普通話發展。我們不應隨便運用歐化語法，這不通大路，一般人不那樣說話。我們要求怎樣寫怎樣說，書面與口語一致。當然這要求太大，可是我們應該這樣要求自己。現在我們的口語與作品中的語言還有很大的距離，這是不好的。我們希望將來每個人說的話寫下來就是一篇文章，這是我們應有的理想。當然有時寫理論文字，需要參用歐化語法，但要特別謹慎，要加工再加工，讓它變成像我們自己的語法，令人讀起來順口，不彆扭。有時我自己也用一點歐化語法，但因為極留神，所以不感覺太彆扭。假如我能用自己語法來說明的，我永遠不借重歐化語法。我的作品裡也沒有太長句子，總是把長句分成一些短句。長句子往往會把作者自己搞糊塗，讀者就更難明白了。

我們的語言是世界上最簡練的語言，這是我們語言之美。古詩五言七言、多的到九言，即是按著語言本質而發展的。若一下子寫五百字才找到一個句點，即不符合我們的語言本質。我們的語言精練、有勁，說起來痛快，不拖拖拉拉的。我們要發揚這簡勁之美。現在有些作品有這個缺點：語言很不簡練，唸起來沒有勁兒，新詩即吃了這個虧。我不輕看新詩，新詩有好的成績，但在語言上卻吃了不夠精練的虧。

我們要在新事物中選擇詞彙，把老的詞彙拋棄，如「老米」現在已沒有這種東西了，這個詞應該廢棄。在選擇詞彙時，我們應該注意審美，例如：還是「玉米」美，「棒子」

美呢，當然玉米美一點。我們也該注意選擇哪個詞彙能獨當一面，哪個含混，比如：「棒子」就不明確，因為打狗的也是棒子（木棒）。我覺得玉米好，誰也不拿玉米打狗。

土話中的詞彙還有應該保存的，那就要找來推薦給普通話。規範化不是把語言簡單化，而是使語言更加豐富。我們要用各地好的詞彙來豐富普通話，發展普通話。

所謂地方色彩，並不專靠土語來支持，如越劇用的是地方話，可是它的服裝、唱法、音樂，都與別的地方戲不同，它不一定是因為用了當地土話才成為地方戲，它還有更多的特色。

用方言土語容易妨礙宣傳教育，舉個例說：曾經有好幾個地方要排演《龍鬚溝》，但因劇本中土語多，沒法「翻譯」，就作罷了。

我曾到工地去體驗生活，工人把鋪樓板說成支樓板，我覺得我們有權力考慮，到底是「鋪」好還是「支」好。不該別人怎樣說，我們就怎樣寫。在我的一個報告裡，我用了「一邊大」，趙樹理同志給我改為「一般大」。「一邊大」是北京話，但不如「一般大」明確，我就照改了。這些小的地方我們應該注意。

我們應當避免用方言土語，避免用違背我們語法的說法，力求我們的語言符合民族語言的法則。我們在語言上要加工再加工。推廣普通話，這是我們一個很大的責任。同時也不要害怕，什麼字都不敢用了。特別是編輯，且莫草木皆兵，拿到了一篇稿子便手足失措。不要看見一個兒化的字，如「幹活兒」，便認為是北京土話。事實上很多普通的詞也是兒化的。有些編輯未免太拘謹了，如「天到二月十五，還這麼冷，真奇怪！」便改為「天到二月十五，還這麼冷，這真是奇怪」。《西望長安》裡有一句「他把文件什麼的……」有人即要改為「……文件之類的」。這個「什麼的」是北京話，是否不規範化，我不知道。不過，它的確不同於「之類」，「什麼」包括的很廣，不必都是文件一類的東西，而「之類」是指文件一類的東西，如印刷品。又如我們經常說「我哥哥的帽子」，一定要改為「我的哥哥的帽子」，反倒累贅了。

最後我說，規範化是一件很大的事情，我們作家所負的責任很大，希望大家努力去推廣！

載一九五六年八月中國青年出版社出版的《全國青年文學創作者會議報告發言集》

什麼是幽默

幽默是一個外國字的譯音，正像「摩托」和「德謨克拉西」等等都是外國字的譯音那樣。

為什麼只譯音，不譯意呢？因為不好譯——我們不易找到一個非常合適的字，完全能夠表現原意。假若我們一定要去找，大概只有「滑稽」還相當接近原字。但是，「滑稽」不完全相等於「幽默」。「幽默」比「滑稽」的含意更廣一些，也更高超一些。「滑稽」可以只是開玩笑，而「幽默」有更高的企圖。凡是只為逗人哈哈一笑，沒有更深的意義的，都可以算作「滑稽」，而「幽默」則須有思想性與藝術性。

原來的那個外國字有好幾個不同的意思，不必在這一一介紹。我們只說一說現在我們怎麼用這個字。

英國的狄更斯、美國的馬克．吐溫，和俄羅斯的果戈里等偉大作家都一向被稱為幽默作家。他們的作品和別的偉大作品一樣地憎惡虛偽、狡詐等等惡德，同情弱者，被壓迫者，和受苦的人。但是，他們的愛與憎都是用幽默的筆墨寫出來的——這就是說，他們寫的招笑，有風趣。

我們的相聲就是幽默文章的一種。它諷刺，諷刺是與幽默分不開的，因為假若正顏厲色地教訓人便失去了諷刺的意味，它必須幽默地去奇襲側擊，使人先笑幾聲，而後細一咂摸，臉就紅起來。解放前通行的相聲段子，有許多只是打趣逗哏的「滑稽」，語言很庸俗，內容很空洞，只圖招人一笑，沒有多少教育意義和文藝味道。解放後新編的段子就不同了，它在語言上有了含蓄，在思想上多少盡到諷刺的責任，使人聽了要發笑，也要去反省。這大致地也可以說明「滑稽」和「幽默」的不同。

幽默文字不是老老實實的文字，它運用智慧，聰明，與種種招笑的技巧，使人讀了發笑，驚異，或啼笑皆非，受到教育。我們讀一讀狄更斯的，馬克·吐溫的，和果戈里的作品，便能夠明白這個道理。聽一段好的相聲，也能明白些這個道理。

幽默的作家必是極會掌握語言文學的作家，他必須寫得俏皮，潑辣，警辟。幽默的作家也必須有極強的觀察力與想像力。因為觀察力極強，所以他能把生活中一切可笑的事，互相矛盾的事，都看出來，具體地加以描畫和批評。因為想像力極強，所以他能把觀察到的加以誇張，使人一看就笑起來，而且永遠不忘。

不論是作家與否，都可以有幽默感。所謂幽默感就是看出事物的可笑之處，而用可笑的話來解釋它，或用幽默的辦法解決問題。比如說，一個小孩見到一個生人，長著很大的鼻子；小孩子是不會客氣的，馬上叫出來：「大鼻子！」假若這位生人沒有幽默感呢，也許就會不高興，而孩子的父母也許感到難以為情。假若他有幽默感呢，他會笑著對小孩說：「就叫鼻子叔叔吧！」這不就大家一笑而解決了問題麼？

幽默的作家當然會有幽默感。這倒不是說他永遠以「一笑了之」的態度應付一切。不是，他是有極強的正義感的，絕不饒恕壞人壞事。不過，他也看出社會上有些心地狹隘的人，動不動就發脾氣，鬧情緒，其實那都是三言兩語就可以解決的，用不著鬧得天翻地覆。所以，幽默作家的幽默感使他既不饒恕壞人壞事，同時他的心地是寬大爽朗，會體諒人的。假若他自己有短處，他也會幽默地說出來，絕不偏袒自己。

人的才能不一樣，有的人會幽默，有的人不會。不會幽默的人最好不必勉強要俏，去寫幽默文章。清清楚楚、老老實實的文章也能是好文章。勉強耍幾個字眼，企圖取笑，反倒會弄巧成拙。更須注意：我們譏笑壞的品質和壞的行為，我們可絕對不許譏笑本該同情的某些缺陷。我們應該同情盲人，同情聾子或啞巴，絕對不許譏笑他們。

載一九五六年《北京文藝》三月號

談諷刺

從文學體裁上說，詩裡有諷刺詩，戲劇裡有諷刺劇，小說裡有諷刺小說，都自成一格。曲藝裡也有自成一格的諷刺文學，就是相聲。此外，童話、神話、寓言和笑話裡也都有或多或少的諷刺成分。可見諷刺在文學裡確實占有重要地位。

在舊社會裡，統治階級不喜歡人民自由發表意見，可是人民會利用諷刺文體，聲東擊西，指槐罵柳，進行攻擊，發泄憤恨，使統治階級哭笑不得，十分狼狽。多麼專暴的統治者也扼殺不了諷刺文學。反之，壓迫越凶，透過諷刺而來的抗議就越厲害。

在我們的新社會裡，人民有了言論自由，是否還需要諷刺文學呢？這就要問：我們是否需要批評與自我批評？

我想，誰也不會說不需要批評與自我批評吧。那麼，諷刺文學是最尖銳的批評，透過藝術形象使大家看清楚我們擁護什麼和反對什麼，我們怎會不需要它呢？正因為我們講民主，重視批評與自我批評，所以我們才需要諷刺文學，欣賞諷刺文學。欣賞諷刺文學是我們的民主精神的一種表現。

可是，有的人不喜歡諷刺文學，特別不喜歡碰到他自己的癢癢肉的諷刺文學。我們是不是就因此決定少得罪人，不再寫諷刺的作品呢？我想誰都會很好地回答這個，用不著我多說什麼。我倒要提醒怕碰到自己癢癢肉的人，去檢查自己一下，是不是心裡有點只喜歡諛媚，不願意接受批評的毛病呢？作家們是有正義感的，不能夠把該諷刺的反而歌頌一番，粉飾太平對誰也沒有好處。

有的人甚至不許諷刺他所屬的那一部門或那一行業。比方說：做醫生的不許作品裡諷刺任何醫生或醫院，做教師的不許諷刺任何教師或學校。他好像是說：我們這一部門或行業是神聖不可侵犯的，絕對禁止批評！這個說法有什麼根據呢？接受批評，端正個人的工作態度，改進業務，不是好事情嗎？作品裡諷刺一位醫生或某一個假設的醫院，並不是一筆抹殺所有的醫生和所有的醫院的功績。假若不幸而言中，作品裡假設的諷刺對象恰好像實際中的某一醫生或某一醫院，那就該取有則改之、無則加勉的態度才是。在咱們的社會裡，誰也沒有禁止批評的特權。在資本主義國家裡，作家為避免招惹麻煩，或吃官司，往往在劇本和小說的卷首聲明：「書中人物事實都是想像出來的，並非真人真事。」難道我們也必須這麼做嗎？

那些反對諷刺文學的人並不敢公開地說禁止批評與諷刺。他們總是振振有詞地說：作家歪曲了現實，咱們的社會裡沒有這樣的人——指作品中的諷刺對象而言。

要知道，誇大是諷刺的必要手段。既須誇大，就必須把許多該諷刺的行為適當地集中於一身。這才能創造出形象鮮明的人物來。假若我們只吞吞吐吐地說：這個人的思想與行為95％都是值得表揚的，不過只有5％，或更少一些，容或應當批評一下，我們就無法創造出這樣的人物。既要諷刺，便須辛辣，入骨三分。不疼不癢的諷刺等於放棄諷刺的責任，也就得不到任何教育效果。諷刺，在我們的社會裡，是急切地鞭策一切落後的人物，希望他們及時轉變，不再做社會主義建設的絆腳石。它無情地揭發一切不合理的行為，要求我們都振作精神，做個先進的人物。它也要求我們檢查自己，還有沒有舊社會殘留下來的毛病，從而決定去洗乾淨自己的身心。諷刺家的手段是辛辣無情的，他的心裡可是充滿熱情，切盼大家改過自新，齊步前進。

不喜歡諷刺文學的人還會說：諷刺既須誇張，把三分毛病說成十分，豈不就是暗示我們的社會制度不好麼？我們處處有領導，怎能允許毛病十足的人在機關或團體裡濫竽充數呢？我知道，在寫諷刺作品的時候，今天的作家是抱著這樣的態度的：擁護我們的社會制度，而反對與我們的社會制度不相容的人與事。因為諷刺必須尖銳，他們不能不從事誇大。這是應有的藝術手段。同時，他們不允許自己透過這誇大了的人物去諷刺我們的社會制度。在我們的社會裡的確有落後的人，的確有做錯了的事。不但今天，就是到了共產主義社會也還會有這樣應該諷刺的人與事。作家誇大地諷刺了這樣的人與事，目的是在鞭策，而不是否定我們的社會制度。到現在為止，作家們所發表過的各種諷刺作品，缺點不在他們諷刺得太過火，而在諷刺的不夠深刻，不夠大膽。這個缺點的由來，一方面是因為作家們觀察得不夠深刻，不夠廣泛，寫作技巧也還欠熟練；另一方面也是因為社會上阻力很大，一篇作品出來就招到多少多少責難；於是，他們就望而生畏，不敢暢所欲言了。事實上，我們社會裡的該諷刺的人與事的毛病要比作家們所揭發過的還更多更不好。

可是，有人又會說了：儘管如此，家醜也不必外揚啊。我以為不然。作家的責任是歌頌光明，揭露黑暗。只歌頌光明，不揭露黑暗，那黑暗就會漸次擴大，遲早要釀成大患。諷刺是及時施行手術，刮骨療毒，治病救人。是，它的手段也許太厲害一些，可是良藥苦口利於病，治病有時候需要下猛藥。擁護我們的社會制度不等於隱瞞某些人某些事的醜惡與不合理。文藝追求並闡明真理，不該敷衍、粉飾。為了真理，我們歌頌先進的人物，鞭撻落後的人物。

載一九五六年七月三十日《文藝報》第十四期

電子書購買

爽讀 APP

國家圖書館出版品預行編目資料

出口成章：人物設計 × 情節對白 × 詞藻修飾，老舍談文學創作的迷思與訓練技巧 / 老舍 著 . -- 第一版 . -- 臺北市：複刻文化事業有限公司 , 2023.11

面；　公分

POD 版

ISBN 978-626-97803-3-4(平裝)

1.CST: 寫作法

811.1　　112016026

出口成章：人物設計 × 情節對白 × 詞藻修飾，老舍談文學創作的迷思與訓練技巧

臉書

作　　者：老舍

發 行 人：黃振庭

出 版 者：複刻文化事業有限公司

發 行 者：複刻文化事業有限公司

E-mail：sonbookservice@gmail.com

粉 絲 頁：https://www.facebook.com/sonbookss/

網　　址：https://sonbook.net/

地　　址：台北市中正區重慶南路一段六十一號八樓 815 室

Rm. 815, 8F., No.61, Sec. 1, Chongqing S. Rd., Zhongzheng Dist., Taipei City 100, Taiwan

電　　話：(02) 2370-3310　　　**傳　　真**：(02) 2388-1990

印　　刷：京峯數位服務有限公司

律師顧問：廣華律師事務所 張珮琦律師

定　　價：250 元

發行日期：2023 年 11 月第一版

◎本書以 POD 印製